Lisa Gallauner

Herbstleich'

Der 2. Fall für Mörderisch & Fesch

Kriminalroman

Für Papa - den besten, den man haben kann!

Lisa Gallauner wurde 1978 in St. Pölten geboren. Sie ist verheiratet und hat einen Sohn. Ende der 90er Jahre ließ sie sich an der PÄDAK Krems zur Diplompädagogin in Englisch, Musik und evangelische Religion ausbilden. Später sollte auch noch die Diplomausbildung für Informatik folgen. 2008 erschien ihr erstes Kinderbuch, seit damals schreibt sie, neben ihrer Arbeit als Lehrerin an einer Mittelschule, unaufhörlich.

Die Meierhofer-Krimireihe

Teufelsstimmen

Teufelsmahl

Teufelssturz

Endstation Teufelsmauer

Teufelsstrand

Teufelsbotschaft

Teufelsziel

Die Mörderisch & Fesch-Krimireihe

Mörderisch & Fesch

Lisa Gallauner

Herbstleich'

Der 2. Fall für Mörderisch & Fesch

Kriminalroman

federfrei
www.federfrei.at

Sämtliche Protagonisten dieses Romans, ihre Namen und ihre Handlungen sind frei erfunden, etwaige Ähnlichkeiten mit lebenden oder verstorbenen Personen nicht beabsichtigt.

1. Auflage
Marchtrenk, 2019
www.federfrei.at

Umschlagabbildung:
© Nickolay Khoroshkov, Adobe Stock
Lektorat:
S. Bähr
Satz und Layout:
Verlag federfrei
Druck und Bindung:
Skala Print

ISBN 978-3-99074-067-5

Kapitel 1

Also, eines muss an dieser Stelle gesagt werden. Das mit diesem Halloween, das hat der Friedrich noch nie verstanden. Früher, da hat man sich in Sankt Lindenbaum nur im Fasching verkleidet, am Faschingsdienstag, um genau zu sein, oder auch am Samstag davor, wenn die Freiwillige Feuerwehr einen Ball organisiert hat, aber im Herbst? Nein, im Herbst, da hat man sich maximal mit der einen oder anderen von der Oma selbst gestrickten Pudelmütze verunstaltet, aber doch nicht so, wie die jungen Leute das heute tun. Wobei, eigentlich sind es ja gar nicht mehr nur die jungen Leut', die sich Ende Oktober zum Affen machen, nein, sogar die g'standenen Sankt Lindenbaumer Mannsbilder und ihre besseren Hälften haben das fragwürdige Gruselfest für sich entdeckt. Oder sollte der Friedrich eher Fuselfest sagen? Dass die Halloweenfeier im Gemeindesaal ein willkommener Anlass dafür ist, sich in geselliger Runde gepflegt volllaufen zu lassen und vielleicht das eine oder andere Gspusi anzufangen, ist ein offenes Geheimnis. Besser als jede moderne Dating-App ist diese Party, so wie die anderen Sankt Lindenbaumer Ortsfeste auch. Nicht, dass der Friedrich grundsätzlich etwas gegen den Alkohol oder die Liebe hätte, so ist es ja nicht, aber wenn das dann dermaßen aus dem Ruder rennt, wie gerade eben, dann findet er das halt gar nicht mehr lustig.

»Also, Friedrich, wenn du wissen willst, was passiert ist, dann fragst am besten mich, gell.« Die Tupfinger Martha, die sich in ihrem knallengen Skelettkostüm, das ihre wogende Oberweite besonders gekonnt betont, vor dem Polizisten aufbaut, schaut diesen wissend an. Der Friedrich Fesch überlegt kurz, ob er einen Kommentar wie »Knochig steht dir auch nicht schlecht, Martha« anbringen soll, denkt dann aber, dass er im Dienst ist und die Lage dementsprechend ernst. Deshalb verkneift er sich eine Bemerkung zu Marthas eigenwilligem Kostüm. »Na gut, Martha, wenn du meinst. Also, erzähl, was ist hier los gewesen?«, seufzt er stattdessen.

Natürlich weiß der Friedrich, dass die Tupfinger Martha die ärgste Gatschn im ganzen Ort ist und man ihre Informationen deshalb mit Vorsicht genießen muss. Wie es im Moment aussieht, ist sie dieses Mal aber tatsächlich eine Zeugin, der er Gehör schenken sollte. Wie immer lässt sich die Tupfingerin nicht lange bitten. »Gut, also, das war so. Ich hab mir gedacht, ich muss ein bisserl frische Luft schnappen gehen, weil's drinnen im Gemeindesaal so stickig ist und mein Kostüm, auch wenn es nicht so ausschaut, ganz schön heiß ist.« Der Friedrich schluckt die zynische Bemerkung, die ihm auf der Zunge liegt, hinunter und nickt nur stumm. »Ich bin also rausgekommen, und da hab ich sie schon gehört.«

»Wen genau hast du gehört?«, fragt der Polizeiinspektor nach.

Die Tupfinger Martha verdreht die Augen, ihr ist deutlich anzusehen, dass sie sich wundert, wie der Friedrich so begriffsstutzig sein kann, und erklärt ein klein wenig genervt: »Na, die zwei Burschen, die sich gegenseitig angeplärrt haben.«

Der Friedrich Fesch öffnet sein rotes Notizbuch, zückt seinen neuen Lieblingskuli, ein Werbegeschenk von der Bank seines Vertrauens, und schaut der Martha direkt in die Augen. »Hast du die zwei erkannt?«

Die Martha schüttelt den Kopf. »Nein, leider, die zwei waren ja verkleidet. Der eine war ein Vampir, ein ziemlich fescher, das muss ich schon sagen, der zweite ein Werwolf. Hat eine furchtbar grausliche Maske aufgehabt, der Kerl, dabei ist das ja gar nicht mehr erlaubt!« Die Freude, mit ihr eine Diskussion über das Vermummungsverbot zu beginnen, macht der Friedrich der Tupfingerin nicht. Stattdessen hakt er nach: »Und warum haben sich die zwei jetzt genau angeplärrt?«

Ein ungewöhnlich knochiges Schulterzucken ist die Folge. »Das weiß ich auch nicht so genau. Ich glaube, es ist um ein Mädel gegangen. *Die spannst du mir nicht auch noch aus!* hab ich verstanden und *Das werden wir schon sehen!* oder so ähnlich. Ich glaube, der Werwolf wollte verhindern, dass der Vampir, dieser Schönling, ihm seine Angebetete wegschnappt. Dann haben's aber ohnehin nicht mehr gesprochen, weil sie sich nur mehr geschlägert haben. Ist ganz schön heftig zur Sache gegangen. Bis zwei andere dazwischen gegangen sind, als Zombies waren die verkleidet. Der Vampir war zu diesem Zeitpunkt schon nicht mehr ganz so fesch. Wie ein k.-o. gegangener Profiboxer hat er ausgesehen, als die Zombies ihn vom Werwolf getrennt haben. Würd mich nicht wundern, wenn der noch lange ein Andenken an die Feier heute Abend mit sich herumträgt.«

»Wo sind die zwei Streithähne jetzt?« Der Friedrich Fesch schaut sich um, kann aber beim besten Willen niemanden entdecken, der nach einem k.-o. gegangenen Profiboxer aussieht. Alles, was ihm auffällt, ist die kleine Blutlache unter der Straßenlaterne vor dem Haupteingang zum Gemeindesaal. Gleich neben den drei großen ausgehöhlten, beleuchteten Kürbissen, die ihm dumm entgegengrinsen.

Wieder zuckt die Tupfinger Martha mit den Schultern. »Was weiß ich? Als die Typen mitbekommen haben, dass die Polizei unterwegs ist, haben sie sich in Luft aufgelöst. Die wollten nicht von dir erwischt werden, kein Wunder, bei dem Radau, den sie gemacht haben. Die vier haben sich ja schon vor der Schlägerei komplett danebenbenommen, sind knapp vor dem Rausschmiss aus dem Gemeindesaal gestanden – viel hätt's nicht mehr gebraucht. Das waren Auswärtige, sage ich dir. Ja, jetzt, wo ich's mir noch mal genau überlege, bin ich mir fast sicher, dass die vier keine Sankt Lindenbaumer gewesen sind. Wenn das Hiesige gewesen wären, dann hätt ich sie sicher auch mit ihrer Maskierung erkannt. Schon alleine von der Stimme und der Statur her – ich kenn doch meine Pappenheimer. Nein, die Burschen waren nicht von hier, das waren sicher Feier-Touristen. Vielleicht Mitglieder der Unterlindenbaumer Dorfjugend oder gar welche aus der Stadt. Wär ja kein Wunder, wenn sich die jetzt auch schon zu Halloween nach Sankt Lindenbaum trauen würden. Als ob's nicht reichen tät, dass sie sich beim Kellergassenfest ungeniert unter die Leut' mischen.«

Wieder verkneift sich der Friedrich einen Kommentar. Seit er die Mörderisch Michi und mit ihr die Vorzüge der großen Stadt kennengelernt hat, ist er nämlich nicht mehr ganz so engstirnig, was diese Stadt-Land-Sache angeht. Er schlägt sein Notizbuch zu und meint trocken: »Das heißt, ich bin an meinem freien Abend zu einer Schlägerei gerufen worden, die längst wieder zu Ende ist? Und die beiden Kampfhähne samt ihrer Entourage haben sich mittlerweile auch aus dem Staub gemacht. Hab ich das richtig verstanden?«

Die Tupfinger Martha nickt stumm. Nach einem kurzen Moment der Stille sagt sie: »Du kannst aber dableiben und mit uns feiern, Friedrich. Verkleidet bist du ja schon, als Polizist ... Die Cecilia tät sich sicher freuen. Ich weiß, dass sie ein Faible für Männer in Uniform hat.«

Gott sei Dank ist es hier heraußen so dunkel, dass die Tupfingerin nicht bemerkt, wie der Friedrich rot wird. Die Zenzinger Cecilia ist eine der Frauen, die sein Herz ein wenig höherschlagen lassen. Nur die Frau Doktor Weißinnger und die Schwester von der Mörderisch Michi können ihr, was das angeht, das Wasser reichen. Aber Erstere ist verheiratet, und Letztere kennt der Friedrich nur von einem Foto. Gegen einen schönen Abend mit der Cecilia hätte er also grundsätzlich nichts einzuwenden. Wenn, ja, wenn da nicht die Erinnerungen an seine Exfrau und den Toni, mit dem sie ihn betrogen hat, wären. Ob er schon bereit ist, einer Frau wieder voll und ganz sein Vertrauen zu schenken, das weiß der Friedrich nämlich nicht.

»Nein, das geht nicht, Martha«, antwortet er. »Ich bin ja schließlich im Dienst.«

»Grad hast du noch gesagt, dass es dein freier Abend ist«, widerspricht die Tupfinger Martha dem Polizisten beinahe kokett. Der ignoriert ihre Bemerkung und fährt fort: »Außerdem möchte ich den Ort und die Hauptstraße aus Sankt Lindenbaum raus abfahren. Irgendwie hab ich, was die Sache zwischen diesen jungen Burschen angeht, kein gutes Gefühl. Wer weiß, was denen noch eingefallen ist.«

Tja, und wenn es eines gibt, worauf sich der Friedrich Fesch zu hundert Prozent verlassen kann, dann ist das sein Bauchgefühl.

*

Als der Friedrich gemächlich in seinem Dienstwagen die Sankt Lindenbaumer Hauptstraße entlangzuckelt, bekommt er Sehnsucht nach seiner alten Vespa. Die würde ihm einen viel besseren Ausblick auf die Bereiche am Straßenrand bieten, die sich im Dunkel der herbstlichen Nacht vor dem Polizisten verstecken. Nichts, gar nichts Verdächtiges hat er bis jetzt gefunden. Außer der einen oder anderen geschmacklosen Halloweendekoration – der Friedrich stellt erleichtert fest, dass der Ort damit nicht annähernd so zugepflastert ist wie mit dem nun wohl nicht mehr lange auf sich warten lassenden kitschigen Weihnachtsschmuck – gibt es nichts, was die Aufmerksamkeit des Polizeiinspektors auf sich ziehen würde.

Also schweifen die Gedanken des Herrn Fesch ein wenig ab.

Er lässt den heurigen Herbst noch einmal Revue passieren – warm ist er gewesen und ausgesprochen schön. Bis jetzt hat der Friedrich heuer noch kaum ein Nebelfetzerl gesehen. Wobei ihn das grundsätzlich nicht stören würde. Er gehört nämlich zu den Leuten, die auch einem mystischen Nebeltag durchaus etwas abgewinnen können, vor allem, wenn der Nebel geheimnisvoll über dem einmaligen Sankt Lindenbaumer See hängt. Dennoch, die bunte, Indian Summer gleiche Pracht, die ihm und den übrigen Sankt Lindenbaumern während der letzten Wochen geschenkt worden ist, die ist auch nicht zu verachten. Wieder einmal denkt der Friedrich, dass es eigentlich ein Wunder ist, dass nicht längst die Touristenscharen über Sankt Lindenbaum hereingebrochen sind. Immerhin ist der Ort ein kleines Paradies auf Erden – Weingärten, Wald und Wiesen, wo das Auge hinblickt, dazu der traumhafte See. Aber zum Glück hat sich das anscheinend noch nicht herumgesprochen – von den Sankt Lindenbaumer Einheimischen abgesehen, verirrt sich nur selten jemand hierher ins Dorf. Umso ungewöhnlicher findet der Friedrich die Tatsache, dass die Tupfinger Martha die beiden Streithähne und ihre Kumpanen nicht sofort erkannt hat. Normalerweise kennt die Dorfgatschn nämlich jeden. Sollten sich tatsächlich junge Leute aus der Stadt nach Sankt Lindenbaum verirrt haben, um hier Halloween zu feiern? Nein, das kann sich der Friedrich beim besten Willen nicht vorstellen. Für eine herbstliche Party gibt es sicher weitaus spannendere Lokalitäten als den verstaubten Gemeindesaal des kleinen Ortes, noch dazu in der Stadt, wo ja im Gegensatz zu Sankt Lindenbaum praktisch immer etwas los ist. Dass die Burschen aus Unterlindenbaum gekommen sind, um in Sankt Lindenbaum zu feiern, glaubt der Herr Fesch auch nicht so recht. Vor allem nicht, seit er am Ortsende ein neonorangenes Werbeplakat für eine Halloweenfeier in der Unterlindenbaumer Kellergasse entdeckt hat. Nun ist es so, dass zwischen Sankt Lindenbaum und Unterlindenbaum seit jeher ein gewisses Konkurrenzdenken herrscht. Die Unterlindenbaumer verkraften es einfach nicht, dass Sankt Lindenbaum viel schöner ist als ihr Ort, schon alleine wegen des eigenen Sees. Die Wahrscheinlichkeit, dass junge Leute aus Unterlindenbaum die dorfeigene Halloween-Party schwänzen, um sich in Sankt Lindenbaum einen hinter die Binde zu kippen, also praktisch zum Feind überlaufen, ist demnach eher gering.

Eine plötzliche Bewegung reißt den Friedrich aus seinen Gedanken. Er drückt gleichzeitig auf die Bremse und die Hupe, danach hält er die Luft an. Zum Glück dauert es, seiner gemütlichen Fahrweise sei Dank, nicht lange, bis er den Wagen zum Stillstand gebracht hat. Die drei Rehe, die nur wenige Zentimeter von ihm entfernt die Straße überqueren, wissen das anscheinend auch zu schätzen. Der Friedrich muss schmunzeln, als er den Tieren dabei zusieht, wie sie entspannt über die Sankt Lindenbaumer Promenade spazieren. So nennt er den hübschen, von einem eleganten Geländer begrenzten Kiesweg nahe dem Waldrand, der besonders bei Liebespaaren beliebt ist. Schade, dass es schon so dunkel ist. Sonst hätte der Herr Fesch vielleicht die Blutspuren bemerkt, die dem grauen Geländer heute seine ganze Eleganz nehmen.

*

Zu Hause angekommen, wird der Friedrich vom freundlichen Geplapper seiner beiden Mitbewohner, dem Wolfgang und dem Joseph, begrüßt. Die beiden Wellensittiche bringen ihm ein Ständchen, wie sie das immer tun, wenn der Friedrich sein kleines Domizil betritt. Auch wenn die beiden Piepmatze gesanglich nicht an die Virtuosität eines Singvogels herankommen, sind ihre Kommunikationsversuche Balsam für die Seele des müden Polizeibeamten. Alles, was er jetzt noch braucht, ist ein kaltes Bier und vielleicht ein Schweinsbratenbrot mit Senf, Kren und Essiggurkerln. Aber wirklich nur eines, immerhin ist der Friedrich auch nicht mehr der Jüngste, weshalb er vor dem Schlafengehen nur noch mit Maß und Ziel einschneiden darf, möchte er nicht von Schweißausbrüchen und Albträumen geplagt werden. Der Friedrich ist also gerade dabei, sich ein Brot zu machen, als es plötzlich an der Tür klopft. Ob das Kinder sind, die von ihm Süßes wollen, weil ihm sonst Saures blüht? Ein Blick auf die Uhr, mittlerweile ist es kurz vor Mitternacht, lässt den Polizeiinspektor diese Theorie sofort wieder verwerfen. Erneut pumpert jemand an die Tür, kurz darauf ist eine Frauenstimme zu hören. »Herr Fesch?! Sind Sie zu Hause?!«

Diesen warmen Alt, den kennt der Friedrich, aber zuordnen kann er ihn gerade nicht.

»Entschuldigen Sie die späte Störung, aber ich brauche dringend Ihre Hilfe!«, setzt die tiefe Frauenstimme nach, als der Herr Fesch die Haustür öffnet.

»Frau Mitterbacher, was führt Sie zu dieser späten Stunde zu mir?«, fragt er ehrlich erstaunt, als er die Frau des Sankt Lindenbaumer Männerchor-Leiters, eine Hexe – also nur wegen Halloween, nicht in echt – erblickt. Mit ihren langen braunen Locken, der kurvigen Figur und den großen braunen Rehaugen ist sie, für eine Frau Ende vierzig, besonders attraktiv, aber eben leider schon vergeben. Der Friedrich, dem es nicht leichtfällt, das eng anliegende Hexenkostüm zu ignorieren, rügt sich innerlich für seine unpassenden Gedanken und wartet gespannt auf die Antwort der Frau Mitterbacher.

Die räuspert sich kurz und meint dann mit Tränen in den Augen: »Ich glaube, meine Tochter, die Angelika, ist in Schwierigkeiten. Sie wollte sich privat mit Freunden treffen, um Halloween zu feiern, auch einen Abstecher zu einer der Partys hier im Ort oder in Unterlindenbaum haben die jungen Leute eingeplant. Mein Mann und ich waren heute Abend bei Nachbarn eingeladen, deshalb hab ich erst vor einer halben Stunde bemerkt, dass die Angie versucht hat, mich anzurufen, und das gleich fünfmal hintereinander. Ich hab natürlich sofort zurückgerufen, erreiche sie aber nicht. Der Peter hat sich gleich ins Auto gesetzt, um alles nach ihr abzufahren, er hat sie bis jetzt noch nicht gefunden. Glauben Sie, ihr ist etwas passiert?«

Es dauert einen Moment, bis der Friedrich die Mitterbacher Angelika vor seinem inneren Auge hat. So um die achtzehn müsste sie mittlerweile sein, ein jüngeres Abbild ihrer Mutter, also ein fesches Mädel, das, soweit sich der Polizeiinspektor erinnern kann, noch nie ungut aufgefallen wäre.

»Machen Sie sich keine Sorgen, Frau Mitterbacher, wahrscheinlich ist die Angelika nur irgendwo unterwegs, wo sie keinen Handyempfang hat, das kann einem hier in unserer Gegend ja schnell einmal passieren«, versucht der Herr Fesch, sein Gegenüber zu beruhigen. »Aber wenn Sie wollen, helfe ich Ihrem Mann bei der Suche, obwohl es für eine Vermisstenanzeige natürlich eigentlich noch zu früh ist. Was halten Sie davon, mir im Streifenwagen Gesellschaft zu leisten, dann können Sie mir alles genau erzählen.«

»Ja, das ist eine gute Idee, danke, Herr Fesch«, erwidert die Frau des Sankt Lindenbaumer Männerchor-Leiters, den der Friedrich schon ewig kennt, weil er den Chor seit Jahren mit seinem beeindruckenden Bass verstärkt, leise. Die tiefe Sorge um ihre Tochter ist für den Polizeibeamten beinahe körperlich zu spüren, weshalb er versucht, sie mit einem zuversichtlichen Lächeln aufzumuntern. Dass er selbst ein Gefühl im Bauch hat, das alles andere als Zuversicht verspricht, lässt er an dieser Stelle lieber unerwähnt.

Kapitel 2

»Die Angelika hat seit einiger Zeit einen Freund«, berichtet die Frau Mitterbacher, während sie, neben dem Friedrich sitzend, nervös ihre Hände knetet. »Sie glaubt aber, dass wir nichts davon wissen. Also, mein Mann, der weiß wirklich nichts davon, ich hab's ihm nicht erzählt. Für ihn ist die Angie immer noch sein kleines unschuldiges Mädchen. Ich glaub, der hätte ein Riesenproblem damit, wenn er wüsste, dass sie mit diesem windigen Schönling um die Häuser zieht.«

»Windiger Schönling?«, hakt der Friedrich gespannt nach. Das klingt nicht gerade so, als ob die Frau des Sankt Lindenbaumer Männerchor-Leiters einen Narren an ihrem zukünftigen Schwiegersohn gefressen hätte.

Die bestätigt Friedrichs Vermutung auch sofort. »Ja, der Kerl ist so ein Herzensbrecher-Typ. Ein hübsches Gesicht, eine passable Figur und dieses *Was kostet die Welt*-Gehabe. Das hat anscheinend gereicht, um meiner Angelika den Kopf zu verdrehen. Dumm ist er zwar nicht, ich hab herausgefunden, dass er Betriebswirtschaft oder so was studiert, aber sympathisch ist er auf alle Fälle auch nicht.«

Der Friedrich wundert sich, woher die Frau Mitterbacher das alles weiß, wenn ihre Tochter ihr doch noch gar nichts von ihrer Liebe erzählt hat, behält die diesbezügliche Frage aber lieber für sich. »Glauben Sie, dass Ihre Tochter heute mit diesem Typen zusammen war? Kennen Sie eigentlich seinen Namen?«, meint er stattdessen.

»Ja und nein. Also, ich bin mir sicher, dass die beiden heute gemeinsam unterwegs waren, und nein, seinen Namen kenne ich nicht. Nur seinen Spitznamen. Lachen Sie nicht, aber anscheinend wird er von seinen Freunden Thunder genannt.«

»Thunder, wie der Donner?«, fragt der Friedrich kopfschüttelnd nach. »Wie kommt man denn auf so was?«

Schulterzuckend erwidert die Frau Mitterbacher: »Fragen Sie mich nicht, Herr Fesch, fragen Sie mich nicht. Klingt wie in einem schlechten amerikanischen Film, gell? Und ausgerechnet in so jemanden hat sich meine Angie verknallt ... Das Schlimmste hab ich ja noch gar nicht erwähnt. Der Angebetete meiner Tochter ist doch tatsächlich aus Unterlindenbaum.«

»Oje!«, entfährt es dem Friedrich. Beziehungen zwischen Unterlindenbaumern und Sankt Lindenbaumern stehen nur selten unter einem guten Stern. Der Herr Fesch will gerade Richtung See abbiegen, als das Handy der Frau Mitterbacher losschreit. Irgendein Schlagerhit ist es, den sie zu ihrem Klingelton auserkoren hat, was den Friedrich bei jemandem, der im Kirchenchor singt, wundert.

»Peter, hast du sie gefunden?!« Mehr sagt Frau Mitterbacher nicht. Nach diesen wenigen Worten hört sie nur noch zu. Und wird von Sekunde zu Sekunde blasser, soweit das der Friedrich, der seinen Blick nicht komplett von der stockdunklen Straße abwenden will, beurteilen kann. Nichts Gutes ahnend, ist er dann dennoch erstaunt, als die Mutter der Vermissten meint: »Herr Fesch, bitte fahren Sie augenblicklich zur Sankt Lindenbaumer Promenade!«

*

Mitten in der Nacht ist die Sankt Lindenbaumer Promenade nur halb so idyllisch wie sonst. Der Friedrich muss sich eingestehen, dass er es sogar ein wenig unheimlich findet, wie sie da im Vollmondschein vor ihm liegt. Das mag aber auch an den

Blutspuren liegen, die der Polizeibeamte jetzt, im Lichtkegel seiner Taschenlampe, ganz deutlich sieht. Ärgerlich, dass er erst vor wenigen Stunden an dieser Stelle vorbeigefahren ist, ohne auch nur das Geringste zu bemerken. Dass die Spuren nicht mehr ganz frisch sind, erkennt man daran, dass sie bereits einzutrocknen beginnen.

»Ich trau mich nicht weiterzugehen, Friedrich. Ich hab solche Angst, dass es die Angelika ist, die ich finde. Blutend, schwerverletzt oder noch schlimmer beinand. Bitte, bitte, schau du nach, was da los ist!« Der Peter Mitterbacher, den der Friedrich nur als fröhlichen, patenten Kerl kennt, ist mit den Nerven am Ende. Der Schock steht ihm mehr als deutlich ins Gesicht geschrieben.

Beruhigend klopft ihm der Herr Fesch auf die Schulter. »Keine Sorge, ich mach das schon, Peter. Dafür bin ich ja schließlich da. Setz dich mit deiner Frau ins Auto und heizt euch ein, damit ihr euch nicht den Tod holt, ich melde mich, sobald ich was weiß.« Als der Friedrich vorsichtig die Promenade betritt, wird ihm bewusst, dass er seinen letzten Satz nicht gerade sensibel formuliert hat. Aber jetzt kann er es auch nicht mehr ändern.

Die Blutspuren, die den Kiesboden der Promenade bedecken und vor allem auch das elegante, graue, auf einem Steinsockel angebrachte Geländer verschandeln, lassen die Alarmglocken in Friedrich Feschs Kopf schrillen. Das sieht ganz und gar nicht gut aus. Hatte er anfangs noch gehofft, dass es sich möglicherweise um ein verletztes Tier handelt, das hier Blut lassen musste, stellt spätestens der Fund eines verwischten roten Handabdruckes klar, dass dem nicht so ist. Rasch beginnt der Friedrich nach den Einweghandschuhen zu kramen, die er immer bei sich trägt, vor allem, seit er die Michi Mörderisch kennt. Dann nähert er sich bedächtig dem blutigen Teil des Geländers, um vorsichtig darüberzublicken. Was er im Schein seiner Taschenlampe dann entdeckt, lässt ihm das Blut in den Adern gefrieren. Er greift nach seinem Handy, überlegt kurz, ob er nicht den offiziellen Weg einschlagen sollte, und wählt dann direkt die Nummer seiner Lieblings-Kriminalbeamtin aus der großen Stadt.

*

»Ja, Himmelherrschaftszeiten, ist das hoch!« Fluchend klettert der Friedrich über das Geländer der Sankt Lindenbaumer Promenade. Natürlich an einer Stelle, die nicht von Blut besudelt ist, um irgendwie zu dem reglosen Wesen zu gelangen, das da unten verdreht im Graben liegt. Die Michi Mörderisch hat ihn nämlich zu Recht daran erinnert, dass er erst von einem Toten ausgehen kann, wenn er auch die Vitalfunktionen des Opfers, Zitat, *gecheckt hat*, und das muss er jetzt wohl oder übel auch tun. Natürlich hat der Sankt Lindenbaumer Polizeibeamte mittlerweile auch örtliche Verstärkung gerufen. Sein junger Kollege, der Thomas, und die Frau Doktor Weißinnger sind bereits unterwegs, auch die Rettung und die Feuerwehr hat er vorsichtshalber informiert, aber im Moment ist er eben noch auf sich alleine gestellt.

Langsam hangelt der Herr Fesch sich jetzt das Geländer entlang, bis zu einer Stelle, an der er, so hofft er zumindest, halbwegs unbeschadet zu Boden springen kann. Gott sei Dank ist der Friedrich recht groß, es trennen ihn also nur etwa zwei bis drei Meter vom, an diesem Fleck zum Glück mit reichlich trockenem Laub bedeckten, Untergrund. Eins, zwei, drei, zählt der Polizeibeamte innerlich, dann lässt er das Geländer aus und hofft inständig, dass seine mittelalterlichen Knochen einen Sprung wie diesen heil überstehen. Als er im Laub landet, durchfährt den Friedrich im ersten Moment ein stechender Schmerz, doch nach einer kurzen Verschnaufpause ist er schon wieder der Alte. Jetzt muss er es nur noch hinbekommen, ohne gröbere Verletzungen und Kontamination des Tatortes, so es denn einer sein sollte, zu dem leblosen Körper zu gelangen, der etwa fünf bis zehn Meter von ihm entfernt liegt.

»So ein Schmarren, ich bin doch kein Steinbock!«, schimpft der Friedrich, während er dem Ziel seines Kletterausfluges langsam näher kommt. An einigen Stellen ist der Graben unter der Sankt Lindenbaumer Promenade äußerst steinig und dort, wo das seltsam verdrehte, blutverschmierte Wesen auf ihn wartet, sogar felsig. Zum Glück hat der Friedrich heute Schuhe mit einem vernünftigen Profil an, ohne die wäre er jetzt komplett aufgeschmissen.

Es dauert einige Minuten, bis der Polizeibeamte endlich dort ist, wo er hinwollte. Und dann nur wenige Momente, bis ihm klar wird, dass er sich diesen Weg eigentlich sparen hätte können. Der Werwolf, der da zu seinen Füßen liegt, ist nämlich mit hundertprozentiger Sicherheit tot. Der Sturz von der Sankt Lindenbaumer Promenade hat ihm, im wahrsten Sinne des Wortes, das Genick gebrochen. Dennoch möchte der Friedrich sich nicht vorwerfen lassen, dass er leichtfertig auf eine Überprüfung der Vitalfunktionen verzichtet hat. Also greift er vorsichtig nach der hässlichen, aber anscheinend ziemlich professionellen Halloweenmaske, die das Gesicht des Toten bis weit über den Hals vor ihm verbirgt. Natürlich wäre es am besten, den Leblosen gar nicht zu bewegen, aber sowohl das Fühlen des Pulses als auch die Überprüfung der Atmung ist, solange er diese Maske trägt, absolut unmöglich. Der Friedrich weiß, dass er das Latexungetüm entfernen muss, ohne den Kopf übermäßig zu bewegen. Das ist zwar schwierig, aber machbar.

Millimeter für Millimeter entfernt er die Maske, und mit jedem dieser Millimeter verstärkt sich dieses unangenehme Gefühl in seinem Bauch. Was, wenn er den Menschen, der sich unter diesem Werwolfkostüm verbirgt, kennt? Es ist noch nicht allzu lange her, da musste der Friedrich ein junges Mädchen, das ihm nahestand, als Opfer eines Mordes identifizieren: die Herzigmann Uschi. Noch einmal will er das nicht erleben. Kurz schießt ihm der beängstigende Gedanke durch den Kopf, dass es sich hier um die Mitterbacher Angelika handeln könnte, doch ein Blick auf den leblosen Körper versichert ihm, dass diese Sorge unbegründet ist. Das da ist, schon rein von der Statur her, ein Mann, so viel ist klar.

Als der Herr Fesch die Maske endlich entfernt hat, schießen ihm die Tränen in die Augen, obwohl er den Burschen, dessen Kopf da in seinen Händen liegt, nicht kennt. So ein junger Kerl – viel älter als Anfang zwanzig kann der nicht sein. Die Ungerechtigkeit des Lebens trifft den Friedrich wieder einmal unverhofft wie ein Faustschlag, den man in die Magengrube bekommt. Pro forma versucht er, einen Puls zu finden oder auch nur den Hauch einer Atmung zu verspüren, wohl wissend, dass dieses Unterfangen sinnlos ist. Dieser junge Mann ist tot, und nach der tiefen Stichwunde in seinem Bauch zu schließen, ist daran nicht alleine der unglückliche Sturz von der idyllischen Sankt Lindenbaumer Promenade schuld.

Kapitel 3

»Also, ich würde sagen, der junge Mann ist seit etwa einer Stunde tot. Jemand hat ihm ein Messer in den Bauch gerammt. Aufgrund des starken Blutverlustes hat er fast das Bewusstsein verloren. Dennoch hat er versucht, sich am Geländer festzuhalten, und ist dann über dieses gestürzt. Gut möglich, dass da jemand nachgeholfen hat. Der Genickbruch ist mit ziemlicher Sicherheit auf den Aufprall zurückzuführen. So ein Felsbrocken gibt halt einfach nicht nach.«

Schulterzuckend richtet die Frau Doktor Weißinnger sich auf, und wieder einmal wird dem Friedrich bewusst, dass sie eine der schönsten Frauen von Sankt Lindenbaum und Umgebung ist.

Eine kurvige Venus, die sogar in dem Mumienkostüm, das sie gerade trägt, eine atemberaubende Figur macht. Entsetzt über seine neuerlichen unprofessionellen Gedanken schüttelt der Herr Fesch seinen Kopf. Was ist nur mit ihm los? Anscheinend sehnt er sich viel stärker nach einer Frau, als er sich eingestehen will.

»Glauben Sie, die Stichverletzung wäre auch ohne den anschließenden Genickbruch tödlich gewesen?«, fragt er trocken, in der Hoffnung, dass die Frau Doktor Weißinnger seinen kurzfristig fehlenden beruflichen Fokus nicht bemerkt hat.

Die überlegt einen Moment. »Wahrscheinlich. Außer natürlich, die Rettungskette wäre eine perfekte gewesen und eine Notoperation erfolgreich, dann hätte der junge Mann eventuell eine geringe Chance gehabt, den Bauchstich zu überleben.

Aber Genaueres kann ich Ihnen erst nach der Obduktion sagen, wie immer halt.«

Der Friedrich nickt und wendet sich seinem jungen Kollegen zu, als ihn ein markerschütternder Schrei zusammenzucken lässt. Er schallt vom anderen Ende der Sankt Lindenbaumer Promenade, dort, wo diese tief in den Wald hineinführt.

»Hilfe! Hört mich denn keiner?! Hilfe, wir brauchen Hilfe!« Diese Stimme, die kommt dem Friedrich bekannt vor. Ein Alt, ein wunderschöner Alt, fast so warm wie der der Frau Mitterbacher.

»Thomas, du bleibst hier bei der Frau Doktor Weißinnger, ich kümmere mich darum!«, weist er seinen jungen Kollegen an. Dann eilt der Herr Fesch, so schnell er kann, auf die verzweifelt klingende Frauenstimme zu. Es dauert nicht lange, bis er die Quelle der Rufe entdeckt hat und versteht, warum ihn deren Stimme an die der Frau Mitterbacher erinnert hat.

»Angelika? Angelika Mitterbacher?«, fragt er vorsichtig, während er die zitternde, leichenblasse junge Frau, die als Vampirlady verkleidet ist, auffängt, bevor sie zu Boden sinken kann. Ein stummes Nicken ist die Folge.

Einige endlos scheinende Momente verstreichen, bevor die Tochter des Männerchor-Leiters dem Friedrich endlich etwas flüstert: »Helfen Sie mir, bitte! Mein Freund, er ist zusammengebrochen. Er liegt dort hinten, im Wald! Ich glaube, er ist tot.«

*

Eins und eins zusammenzählend, beugt sich der Friedrich über den feschen Vampir, der da im gespenstisch anmutenden Wald über eine mächtige Wurzel gekrümmt am Boden liegt. Thunder, so lautet der Spitzname des Westentaschencasanovas, der Angelika Mitterbacher den Kopf verdreht hat, und der Vampir, den die Tupfinger Martha beim Sich-Schlägern erwischt hat, müssen ein und dieselbe Person sein. Ob dann der Werwolf, der mit gebrochenem Genick am Fuße der Sankt Lindenbaumer Promenade liegt, dessen Kontrahent ist? Derjenige, der dem einst so feschen Vampir das Gesicht dermaßen grün und blau geschlagen hat? Also noch ist es ja eigentlich nicht grün und blau, sondern ziemlich rot und blutig, soweit man das trotz des Verbandes und der Pflaster beurteilen kann, aber in ein paar Tagen, da wird es sicher alle Farben spielen.

Erleichtert stellt der Polizeibeamte fest, dass er Thunders Puls deutlich spüren kann und dass sich auch dessen Brustkorb gleichmäßig hebt und senkt. Tot ist er also nicht, was dem Friedrich ganz recht ist – eine Leiche pro Tag reicht ja wirklich!

»Fräulein Mitterbacher, ich kann Sie beruhigen, Ihr Freund sieht zwar nicht gerade blühend aus, aber noch weilt er unter den Lebenden«, meint er, während er den jungen Mann routiniert in die stabile Seitenlage bringt.

Aufatmend lässt sich Angelika Mitterbacher neben ihrem Freund auf den Waldboden sinken. Unaufgefordert erklärt sie: »Der Ludwig ist vor ein paar Stunden in eine Schlägerei geraten.«

Aha, Thunder heißt also im wirklichen Leben Ludwig, schießt es dem Friedrich durch den Kopf. Ludwig und Thunder – eine seltsame Kombination, findet er. Doch bevor er sich weiter über die eigentümliche Spitznamenwahl des jungen Mannes Gedanken machen kann, fährt dessen Freundin fort.

»Keine Ahnung, was da genau vorgefallen ist, er wollte es mir nicht sagen, und zu einem Arzt gehen wollte er auch nicht. Ich hab ihn gebeten, zumindest mit mir nach Hause zu fahren, damit ich seine Wunden versorgen kann, aber davon wollte er auch nichts wissen. Wir haben vorgehabt, die Halloweennacht in einer einsamen Waldhütte zu verbringen. Ganz romantisch und ein bisserl unheimlich, das wollte er unbedingt wie besprochen durchziehen. Am Anfang war auch noch alles okay, ich hab das Verbandszeug aus Ludwigs Wagen benutzt, um ihm Erste Hilfe zu leisten. Dann sind wir zu Fuß zur Hütte gegangen, weil der Weg dorthin nicht mit dem Auto befahrbar ist. Als wir bei der Hütte angekommen sind, hat der Ludwig zuerst noch gute Miene zum bösen Spiel gemacht, aber dann plötzlich hat er starke Kopfschmerzen bekommen. Als ihm kurz darauf auch noch schwindelig geworden ist, hab ich ihn dazu gedrängt, zurück zum Auto zu gehen. Bei der Hütte hatten wir ganz schlechten Handyempfang, also hab ich keine andere Möglichkeit gesehen, um Hilfe zu holen. Hier, an dieser Stelle, ist er dann zusammengebrochen. Glauben Sie, er wird wieder ganz gesund?«

Der Friedrich nickt beruhigend. »Machen Sie sich keine Sorgen, das wird schon wieder. Wahrscheinlich hat er nur eine Gehirnerschütterung. Ich geb gleich der Frau Doktor Weißinnger Bescheid und rufe die Rettung. In ein paar Tagen ist Ihr Freund sicher wieder der Alte.«

Ein Stoßgebet zum Himmel sendend, dass seine Worte wahr werden mögen, greift der Herr Fesch nach seinem Handy. Diesem Smartdings, das er jetzt auch hat, aber aus irgendeinem Grund gar nicht so gerne mag wie sein altes Tastenhandy. Nicht, dass der Friedrich altmodisch wäre, aber manche Errungenschaften der Technik, die hätte es in seinen Augen nicht unbedingt gebraucht. »Die Frau Doktor Weißinnger ist in einer Minute da«, meint er, nachdem er das Gespräch mit der Ärztin beendet hat.

Einen Moment lang sagt Angelika Mitterbacher gar nichts. Dann reißt sie plötzlich die Augen auf und flüstert entsetzt: »Es ist heute Nacht noch was Schreckliches passiert, stimmt's? Sonst wären Sie und die Frau Doktor Weißinnger nicht hier.«

Der Friedrich überlegt, was er antworten soll, als Thunder alias Ludwig die Stille unterbricht. »Christian«, murmelt er.

»Christian? Wer ist Christian?«, der Herr Fesch richtet seinen fragenden Blick auf Angelika Mitterbacher.

Die greift nach der Hand ihres nun wieder leblos auf dem Boden liegenden Partners.

»Der Christian ist Ludwigs bester Freund. Die beiden sind gemeinsam um die Häuser gezogen, bevor wir uns getroffen haben. Ich hatte noch einiges zu erledigen.«

Die Frage, ob dieser Christian sich als Werwolf verkleidet ins Halloween-Getümmel gestürzt hat, verkneift sich der Friedrich. Er will die Tochter seines Chorleiters nicht zusätzlich beunruhigen. Aber sein Bauchgefühl, das gibt ihm plötzlich ganz intensiv zu verstehen, dass der tote Werwolf, der im Graben unter der Sankt Lindenbaumer Promenade liegt, mit Vornamen Christian heißt.

*

Christian Hintergruber, vierundzwanzig Jahre alt, Archäologiestudent und Sohn des Winzers Kilian Hintergruber. Der Friedrich liest, was er in seinem Notizbuch notiert hat, und überlegt fieberhaft, wie es sein kann, dass der tote Werwolf ihm nicht sofort bekannt vorgekommen ist. Den Hintergruber Kilian, den kennt er natürlich, so wie jeder andere Sankt Lindenbaumer auch, weil er einer jener Winzer ist, die es geschafft haben, nicht nur in der näheren Umgebung, sondern auch national und sogar international Karriere zu machen. Die Hintergruber-Weine, die werden nämlich auch im Ausland gerne getrunken und haben schon den einen oder anderen Wettbewerb gewonnen. Dass das dem Hintergruber Kilian nicht nur Freunde verschafft, ist selbstverständlich. Der Neid ist ein Luder, und gerade die Sankt Lindenbaumer gönnen einem Unterlindenbaumer nur ungern den großen Erfolg. Der Herr Fesch macht sich Gedanken über den Hintergruber Kilian und dessen Sohn. Was ihn dabei besonders beschäftigt, ist die Tatsache, dass der Hintergruber-Sprössling ein Archäologiestudent war. Als einziger Sohn des bekannten Unterlindenbaumer Winzers wäre er doch eigentlich prädestiniert dafür gewesen, den elterlichen Betrieb zu übernehmen. Kurz muss der Friedrich daran denken, dass er selbst gerne Opernsänger geworden wäre, sein Vater ihn aber dazu gedrängt hat, einen »gescheiten« Beruf zu erlernen. Dass ein Unterlindenbaumer Winzer, noch dazu ein äußerst erfolgreicher, seinem Sohn erlaubt, Archäologie zu studieren, also einen, wie sich der Friedrich vorstellen kann, eher brotlosen Job anzustreben, wundert ihn sehr. Allerdings haben sich die Zeiten ja vielleicht doch geändert. Es wäre den jungen Leuten von heute zu wünschen.

Noch einmal huschen die Bilder der letzten Stunden durch Friedrichs Kopf. Der Besuch im Hause Hintergruber, die herzzerreißende Identifikation des Toten durch dessen Großvater, der Nervenzusammenbruch der Mutter des Opfers ... Momente wie diese lassen den Herrn Fesch nur noch mehr von der verpassten Karriere als Opernsänger träumen. Andererseits muss er sich jetzt erst recht intensiv seinem Beruf widmen. Immerhin hat er der Frau Hintergruber versprochen, denjenigen, der für diese Sache – der Friedrich vermutet ja, dass es sich um Mord oder Totschlag handelt – zuständig ist, zu finden. Und zwar so schnell wie möglich.

Seufzend legt er das Notizbuch auf sein Nachtkasterl aus massiver Eiche. Mittlerweile ist es früh morgens, dennoch möchte er versuchen, zumindest noch ein, zwei Stunden zu schlafen. Fürs Durchmachen ist er nämlich wirklich schon zu alt. Dem Friedrich fallen gerade die Augen zu, als es plötzlich an der Tür klingelt. Sturm.

»Ja, Himmelherrschaftszeiten, hat man hier denn nie seine Ruhe?!«, schimpft er, während er überlegt, ob er das Klingeln einfach ignorieren soll oder ob es vielleicht doch wichtig wäre nachzusehen, wer ihn am frühen Morgen derart belästigt. Ein zweites, noch eindringlicheres, längeres Schrillen der Türglocke lässt dem Herrn Fesch dann doch keine Wahl. Seufzend zieht er seinen weiß-marineblau gestreiften Bademantel über, schlüpft in die bequemen weinroten Filzpatschen, die er schon ewig hat, und schlurft zur Tür. Mehr als Schlurfen ist nach einer langen Nacht wie dieser beim besten Willen nicht drin.

»Jaaaaa, ich komm ja schon!«, plärrt er, als es ein drittes Mal klingelt. Er gibt sich gar keine Mühe, den grantigen Unterton in seiner Stimme zu verbergen. Hoffentlich hat die Person, die ihn mitten in der Nacht so unverschämt zum Aufstehen nötigt, einen triftigen Grund für dieses unangebrachte Verhalten.

Als der Friedrich mürrisch die Tür öffnet, sticht ihm als erstes ein kupferroter Pagenkopf ins Auge. Schlagartig wandern seine Mundwinkel nach oben. Noch bevor er etwas sagen kann, meint die hübsche junge Dame, die ihm gegenübersteht, grinsend: »Na, Herr Kollege, damit haben Sie jetzt nicht gerechnet, nicht wahr? Ich hab mir gedacht, ich mach mich lieber gleich auf den Weg – je früher ich da bin, desto weniger können Sie ohne meine Hilfe falsch machen, war mein Gedanke. Fesch sehen Sie aus, ein bisserl wie ein Kapitän auf dem Weg zur Wellnessoase.«

»Mörderisch witzig, Frau Kollegin, ich nehme an, Sie brauchen dringend einen schwarzen Kaffee, um Ihre Wahrnehmung zu schärfen«, antwortet der Herr Fesch schmunzelnd, während er eine einladende Handbewegung in Richtung der Michi Mörderisch macht. Die Kriminalbeamtin lässt sich nicht zweimal bitten. »Kaffee ist immer eine gute Idee – so, wie Sie aussehen, sollten Sie unbedingt eine Kanne mit mir trinken. Dabei können Sie mir dann auch gleich alles über den toten Werwolf erzählen.«

»Christian Hintergruber. Der Tote heißt Christian Hintergruber.«

»Christian Hintergruber? Der hat aber nichts mit dem Weingut Hintergruber zu tun, oder? Sie müssen sich vorstellen, Herr Fesch, neulich kauf ich mir bei uns im Supermarkt eine Flasche Rotwein, ein bisschen einen teureren, weil man sich ja sonst nichts gönnt im Leben, und dann schau ich auf das Etikett und sehe, dass der Wein aus Unterlindenbaum kommt. So klein ist die Welt! Wahnsinn, finden Sie nicht auch?!«

Einen Moment lang sagt der Friedrich gar nichts. Er genießt still diese unglaubliche, mitreißende Energie, die von der Michi Mörderisch ausgeht. Mit einem Schlag fühlt er sich putzmunter, das schafft sonst keiner.

»Schön, Sie wiederzusehen, Frau Mörderisch«, antwortet er schließlich. »Und doch«, setzt er nach, »Christian Hintergruber hat etwas mit dem Unterlindenbaumer Weingut zu tun. Er war der einzige Sohn des Winzerehepaars Hintergruber. Vierundzwanzig Jahre alt, ein Archäologiestudent.«

»Oje, so jung«, entfährt es der Kriminalbeamtin. »Am besten, Sie berichten mir alles ganz in Ruhe. Wäre doch gelacht, wenn wir es nicht schaffen würden, auch diesen Fall zu lösen.«

Während der Friedrich leise die Haustür schließt, hofft er, dass die Michi Mörderisch recht hat. Wer auch immer den Fehler begangen hat, die Sankt Lindenbaumer Promenade zum Ort eines schrecklichen Verbrechens zu machen, wird das noch bitter bereuen, so viel steht fest!

Kapitel 4

Auf dem Weg ins Spital überfällt den Friedrich plötzlich eine bleierne Müdigkeit, und das, obwohl er sich tatsächlich mit der Michi Mörderisch zwei starke Tassen Kaffee gegönnt hat. Begleitet von einem köstlichen Marmeladensemmerl, liebevoll mit selbst gemachter Ribiselmarmelade bestrichen – der Herr Fesch ist begeisterter Bäcker und Koch. Aber ausgewogenes Frühstück hin oder her, munter ist er jetzt auf alle Fälle nicht, was das herzhafte Gähnen, das ihm nun auskommt, untermauert.

»Soll ich ein bisserl schneller fahren, Herr Fesch? Wenn Ihr Blut in Wallungen gerät, hört vielleicht die lästige Gähnerei auf«, meint die Kriminalbeamtin keck. Sie hat unglaubliche drei Marmeladensemmeln verdrückt und ist deshalb wahrscheinlich im Zuckerrausch. Der Friedrich, der sich ohnehin schon verzweifelt an den Griff über dem Beifahrersitz klammert, weil das Fahrverhalten der Mörderisch ihn an einen Formel-1-Piloten erinnert, schüttelt vehement den Kopf. »Noch schneller?! Nur über meine Leiche! Wenn wir zwei tot im Straßengraben liegen, ist keinem geholfen. Weder dem Hintergruber Christian noch seiner Familie, noch allen anderen, die wir eventuell vor einem gefährlichen Messerstecher schützen müssen!«

Die Kriminalbeamtin lacht kurz auf. »Sie denken aber nicht wirklich, dass wir es mit einem Serientäter zu tun haben könnten?«

Erneut schüttelt der Friedrich seinen Kopf. »Nein, natürlich nicht. Ich vermute, dass der Mörder vom Hintergruber Christian sein Opfer persönlich gekannt hat. Sieht mir nach einem Mord im Affekt aus. So ein Messer hat in Sankt Lindenbaum bald einmal jemand einstecken. Also nicht zur Selbstverteidigung, sondern eher zum täglichen Gebrauch und zum Schnitzen und so. Ich hab ja selbst, wenn ich in Zivil unterwegs bin, auch immer eines dabei.«

»Echt, so was gibt's noch?«, meint die Mörderisch zynisch. »Also, die Typen, die bei uns in der Stadt mit einem Messer in der Tasche herumlaufen, die benutzen das sicher nicht zum Schnitzen.« Ein Moment der Stille folgt, dann hakt die Kriminalbeamtin nach: »Woher wissen Sie überhaupt, dass es sich bei der Tatwaffe um ein Taschenmesser handelt?«

Ein Fesches Schulterzucken ist die Folge. »Tu ich ja gar nicht. Das ist nur so eine Vermutung. Bauchgefühl sozusagen. Genaueres erfahren wir erst, wenn die Obduktion durch ist. Das dauert aber sicher noch. Die Frau Doktor Weißinnger hat mir versprochen, dass sie sich bei mir meldet, sobald sie etwas weiß.«

»Ah, die Frau Doktor Weißinnger. Ist die immer noch verheiratet? ... Übrigens, meine Schwester würde sich gerne mal mit Ihnen treffen. Ich hab ihr so von Ihnen vorgeschwärmt, dass sie es gar nicht erwarten kann, Zitat, *diesen charmanten, backenden und singenden Polizeibeamten aus der ländlichen Idylle* kennenzulernen.« Die Mörderisch kann es nicht lassen, ihr Gegenüber zu necken.

»Geh haben S' mich doch gern«, ist alles, was dem Friedrich dazu einfällt. Er hofft, dass man ihm die Hitze, die er plötzlich in seinen Wangen spürt, nicht ansieht. Gegen ein Treffen mit der um einiges älteren, also für ihn gerade perfekten, wunderschön sinnlichen Halbschwester der Kriminalbeamtin hätte er nämlich absolut nichts einzuwenden.

»Immer, Herr Fesch, immer«, antwortet die junge Frau spitzbübisch, bevor sie das Gaspedal bis zum Anschlag durchtritt. Dann kommt sie zurück aufs eigentliche Thema. »Gut, also hab ich das richtig verstanden, wir sind auf dem Weg ins Spital, um dort Ludwig Donnersbach zu befragen. Den Burschen, der angeblich so dick mit Christian Hintergruber befreundet war und sich dennoch eine handfeste Schlägerei mit ihm geliefert hat – kurz vor dessen Tod.«

Nun nickt der Friedrich zur Abwechslung mal. »Genau. Ludwig Donnersbach alias Thunder wurde gestern Abend von Christian Hintergruber grün und blau geschlagen. Davon gehe ich zumindest aus. Wobei es natürlich theoretisch möglich wäre, dass es ein ganz anderer Werwolf war, mit dem der junge Mann sich vor dem Sankt Lindenbaumer Gemeindesaal geprügelt hat. Heute Nacht konnte ich nichts mehr aus Herrn Donnersbach herauskriegen, der war komplett hinüber, aber jetzt geht es ihm, laut seinem behandelnden Arzt, schon besser. Außerdem hoffe ich, dass die Mitterbacher Angelika, das ist Thunders Freundin, auch bei ihm im Spital ist. Gut möglich, dass sie uns ebenfalls weiterhelfen kann.«

»Wissen Sie, was ich nicht verstehe? Frau Tupfinger hat Ihnen ja erzählt, dass die beiden jungen Männer anscheinend wegen einem Mädel gestritten haben. Wenn aber Ludwig Donnersbach ohnehin eine Freundin hat, warum sollte Christian Hintergruber dann Sorge haben, dass er ihm seine Angebetete ausspannt? Das ergibt doch keinen Sinn. Außer natürlich, dieser Thunder wäre der Typ Mann, der an jedem Finger eine Frau hat … Oder denken Sie, es ist bei der Auseinandersetzung eventuell um Angelika Mitterbacher gegangen? Ist sie eine, die mehreren Männern gleichzeitig schöne Augen macht?«

»Nein, das kann ich mir beim besten Willen nicht vorstellen!«, entfährt es dem Friedrich impulsiv. Aus irgendeinem Grund hat er das Gefühl, die Ehre der Mitterbacher Angelika verteidigen zu müssen. Wahrscheinlich, weil ihr Vater sein Chorleiter ist. »Ich kann nur sagen, was ich von Angelikas Mutter erfahren habe. Die denkt, dass dieser Ludwig Donnersbach ein Frauenheld ist, ein Feschak, der sich seiner Ausstrahlung äußerst bewusst ist und das auch für seine Zwecke ausnutzt. Also anscheinend alles andere als der perfekte Schwiegersohn.«

»Am besten, wir machen uns selbst ein Bild von dem jungen Mann. Was das Urteilsvermögen zukünftiger Schwiegermütter angeht, bin ich nämlich äußerst skeptisch. Ich denke, es der Mutter seiner Angebeteten recht zu machen, ist alles andere als ein Kinderspiel.« Bildet sich der Friedrich das nur ein, oder hört er eine gewisse Bitterkeit aus den Worten der Kriminalbeamtin heraus? Ob sie selbst schon negative Erfahrungen mit zukünftigen Schwiegereltern gemacht hat? Alles, was der Polizist über das Privatleben der Mörderisch weiß, ist, dass sie noch nicht den richtigen Mann gefunden hat. Anscheinend fühlt sich das vermeintlich starke Geschlecht von dieser Motocross fahrenden, Sixpack tragenden, vor Energie nur so sprühenden Frau überfordert. Wenn jemand meilenweit vom Heimchen am Herd entfernt ist, dann die Michi Mörderisch. Und moderne Zeiten hin oder her, die Partnersuche vereinfacht ihr diese Tatsache wahrscheinlich nicht unbedingt. Man muss schon ein ganzer Mann sein, um sich neben einer so starken Frau nicht klein vorzukommen. Schade, dass er selbst nicht ein paar Jährchen jünger ist. Er hätte sich dieser Herausforderung in jungen Jahren nur allzu gerne gestellt.

»Herr Fesch?! Hören Sie mir überhaupt zu?«

Der Friedrich wird rot. Was ist denn nur los mit ihm? Warum denkt er in der letzten Zeit ständig über die Frauen und die Liebe nach? Er benimmt sich ja fast wie ein hormongesteuerter Teenager, dabei hat er diese Zeiten seit etwa vierzig Jahren hinter sich. Peinlich ist ihm das, mehr als peinlich. Von Unprofessionalität hält er nämlich überhaupt nichts.

»Ja, sicher höre ich Ihnen zu«, murmelt er deshalb nach einem kurzen Räuspern, in der Hoffnung, dass die Mörderisch keine exaktere Antwort von ihm erwartet.

»Gut, dann machen wie es also so«, erwidert die Kriminalbeamtin zufrieden, bevor sie erneut leidenschaftlich ins Gaspedal steigt.

Der Herr Fesch krallt sich verzweifelt am Griff über der Beifahrertür fest und hofft, dass er jetzt keinen allzu großen Fehler begangen hat. Was auch immer sie so machen werden, solange es dabei hilft, dem Geschehen während der Halloweennacht auf den Grund zu gehen, soll es ihm recht sein.

*

»Na bumm, der Parkplatz ist aber ganz schön voll.« Die Michi Mörderisch ist zwar keine, die Probleme beim Einparken hat, aber trotzdem dreht sie jetzt schon die zweite Runde auf dem Krankenhausparkplatz. Ihr schicker Wagen soll schließlich keinen Kratzer abbekommen, nur, weil sie sich damit in eine zu enge Lücke gezwängt hat. So ganz traut sie dem Herrn Fesch nämlich nicht, was das sanfte Öffnen der Beifahrertür angeht.

»Feiertag«, ist alles, was dieser ihr zur Antwort gibt.

»Wie bitte?«, hakt die Kriminalbeamtin nach.

»Na ja, heute ist ein Feiertag. Allerheiligen. Da nimmt man sich eben Zeit, um die Verwandten und Freunde im Krankenhaus zu besuchen ... oder die auf dem Friedhof«, setzt der Friedrich trocken nach.

Ein Lächeln huscht über das Gesicht der Michi Mörderisch. »Tatsächlich, heute ist ein Feiertag. Ist Ihnen eigentlich bewusst, dass wir die Arbeit an unserem letzten und ersten gemeinsamen Fall auch an einem Feiertag begonnen haben? Das war doch zu Fronleichnam, oder? Ich kann mich noch gut daran erinnern, dass die Fronleichnamsprozession mitten durch unseren Tatort gehen sollte. An der Spitze die Frau Tupfinger in einem farbenfrohen Frühlingsoutfit – diesen Anblick werde ich nie vergessen.« Die Kriminalbeamtin lacht laut auf, macht dann eine kurze Pause und fragt plötzlich skeptisch: »Es gibt doch keine Allerheiligen-Tradition, die die Sankt Lindenbaumer an die Sankt Lindenbaumer Promenade führt, hoffe ich? Die Kolleginnen und Kollegen der Spurensicherung stecken dort wahrscheinlich noch mitten in der Arbeit.«

Nun macht sich auch auf dem Feschen Gesicht ein Schmunzeln breit. An die Fronleichnamsprozession kann der Friedrich sich auch noch lebhaft erinnern und an den Wutausbruch der Michi Mörderisch, als sie bemerkt hat, dass er vergessen hatte, den Tatort ordentlich abzusperren. Dieses Mal hat er jedoch an alles gedacht. Das rot-weiße Polizeiband erstreckt sich über die halbe Sankt Lindenbaumer Promenade. Sicher ist sicher.

»Nein, keine Sorge, der Sankt Lindenbaumer Friedhof ist ziemlich weit von der Promenade entfernt. Es besteht also keine Gefahr gröberer Tatortkontaminationen. Schon gar nicht an einem nebeligen Novembertag. Allenfalls verirren sich ein paar Rehe an den Ort des Geschehens, aber die wissen die Kollegen der Spurensicherung hoffentlich zu verscheuchen ... So, und jetzt nichts wie auf zu Herrn Donnersbach! Ich bin schon gespannt, was er uns zu berichten hat.«

Schwungvoll reißt der Friedrich die Beifahrertür auf, kurz darauf ist ein Scheppern zu hören. »'Tschuldigung ... Nichts passiert. Nicht einmal ein kleiner Kratzer.«

Okay, nächstes Mal zwei Parkplätze einplanen, vermerkt die Mörderisch gedanklich, bevor sie dem Sankt Lindenbaumer Polizeibeamten Richtung Krankenhaus folgt.

*

Ludwig Donnersbach alias Thunder hat gar nichts Gefährliches, wie er da so in seinem Krankenhausbett liegt. Er wirkt schmal und verletzlich, sein verquollenes, von Hämatomen übersätes Gesicht sieht schrecklich aus. Ob er tatsächlich ein fescher Frauentyp ist, kann der Friedrich also heute beim besten Willen nicht beurteilen – soweit er als Mann überhaupt dazu in der Lage ist. Was die Frauen wirklich wollen, das weiß er bis heute nämlich nicht so recht.

»Grüß Gott, Herr Donnersbach. Können Sie sich noch an mich erinnern? Friedrich Fesch, mein Name, ich bin der Polizist, der Sie und Ihre Freundin letzte Nacht im Wald gefunden hat. Das hier ist Frau Inspektorin Michaela Mörderisch, sie ist Kriminalbeamtin und hier, um mir bei den Ermittlungen zu helfen ... Wie fühlen Sie sich heute denn?«

Ludwig Donnersbach geht nicht auf die Fragen des Herrn Fesch ein. Stattdessen meint er erstaunt: »Eine Kriminalbeamtin hilft Ihnen bei den Ermittlungen? Eine Kriminalpolizistin? Nur, weil mich jemand zusammengeschlagen hat? Ist das nicht etwas übertrieben? ... Tut mir leid, besser geht's nicht. Das liegt an der dicken Lippe.« Dass er aufgrund der Gesichtsverletzungen Schwierigkeiten beim Reden hat, scheint Ludwig Donnersbach unangenehm zu sein.

»Kein Problem, Herr Donnersbach, wir verstehen Sie bestens«, erwidert die Michi Mörderisch, dann setzt sie nach: »Können Sie uns bitte genau erzählen, wie Sie den Halloweenabend verbracht haben? Uns interessiert jedes Detail, vor allem aber natürlich die Feier im Sankt Lindenbaumer Gemeindesaal.« Nicht im Traum denkt sie daran, den jungen Mann darüber in Kenntnis zu setzen, dass sie gar nicht wegen ihm hier ist, sondern um den gewaltsamen Tod Christian Hintergrubers aufzuklären. Erstens geht sie davon aus, dass Ludwig Donnersbach das ohnehin längst weiß, und falls es wider Erwarten doch nicht so sein sollte, will sie ihn nicht schon vor dem Gespräch schocken. Wenn er und der Tote tatsächlich beste Freunde gewesen sind und er nicht der gesuchte Mörder beziehungsweise Totschläger ist, wird er die Nachricht von Hintergrubers Tod nur schwer verkraften können.

»Sie wollen alles über die Halloweennacht wissen? Ich hoffe, ich schaffe das. Mein Kopf tut wieder ganz schön weh, und wie Sie bemerkt haben, fällt mir das Reden nicht allzu leicht.« Mit einem Mal wirkt Ludwig Donnersbach noch zerbrechlicher. Entweder ist er ein guter Schauspieler, oder die Prügelei gestern Abend war tatsächlich eine besonders heftige.

»Keine Sorge, Herr Donnersbach, wir haben Zeit. Beginnen Sie ganz in Ruhe, und wenn es Ihnen zu viel wird, geben Sie uns einfach Bescheid. Dann kommen wir eben später noch einmal«, antwortet der Friedrich betont einfühlsam. Er hat eine besonders sensible, empathische Seite, etwas, das in seinem Beruf durchaus auch von Vorteil sein kann.

»Na gut, also, wo fange ich am besten an ... Angelika und ich, wir wollten die Halloweennacht in einer einsamen Waldhütte verbringen, die Bekannten meines Freundes gehört. Sie wissen schon, ein bisserl Romantik, ein bisserl Grusel – ich habe halt gehofft, dass es eine besonders kuschelige Nacht wird, wenn Sie verstehen, was ich meine.«

Sowohl der Friedrich als auch die Mörderisch nicken kurz. Beide können sie sich nur allzu gut vorstellen, worauf der junge Mann hinauswill.

»Weil die Angelika so auf Vampirfilme steht, hat sie mich gebeten, mich als Vampir zu verkleiden, sie selbst wollte als Vampirlady gehen und hat, wie das halt bei jungen Frauen so ist, ziemlich lange für die Vorbereitung des Abends gebraucht. Also das Schminken, Umziehen und was sie sonst noch alles gemacht hat, hat ewig gedauert. Also bin ich vorher noch ein wenig mit meinem Freund um die Häuser gezogen.«

»Mit Ihrem Freund?«, hakt der Friedrich nach.

»Ja, mit dem Hintergruber Christian. Er ist der Sohn von Kilian Hintergruber – das Weingut, Sie wissen schon.«

Wieder nickt der Herr Fesch. Natürlich weiß er.

»Der Christian und ich, wir kennen uns schon seit dem Kindergarten, sind beste Freunde. Er hat sofort Ja gesagt, als ich ihn gefragt habe, ob er mit mir zur Party im Sankt Lindenbaumer Gemeindesaal schauen will. Dort haben wir dann auch noch ein paar andere Burschen getroffen, Studienkollegen vom Christian. Wir haben getanzt und getrunken und ziemlich viel Spaß gehabt, obwohl der Sankt Lindenbaumer Gemeindesaal echt alt und verstaubt ist. Lustig war's trotzdem.«

Die Bemerkung über den Zustand des Sankt Lindenbaumer Gemeindesaals übergeht der Friedrich einfach. Ludwig Donnersbach hat ja recht, der Gemeindesaal ist tatsächlich noch im Stil der 70er-Jahre des letzten Jahrtausends gehalten, dennoch findet er, dass es einem Unterlindenbaumer einfach nicht zusteht, so abfällig über das Herzstück des Sankt Lindenbaumer Gemeindelebens zu sprechen.

Die Mörderisch, die spürt, dass die letzte Aussage den Herrn Fesch ein wenig aus der Contenance gebracht hat, mischt sich ein: »War Ihr Freund auch als Vampir verkleidet?«

Ein gequältes Lächeln erscheint auf dem lädierten Gesicht des jungen Mannes. »Nein, Christian kann Vampiren nichts abgewinnen. Er hat sich für Halloween ein Werwolfkostüm zugelegt. Ein ziemlich grausliches, wenn Sie mich fragen. Mit einer Latexmaske, die einen das Fürchten lehrt. Im Gegensatz zu mir ist er nämlich überhaupt nicht eitel.«

Erstaunt zieht der Friedrich eine Augenbraue hoch. Dass Ludwig Donnersbach offen zugibt, eitel zu sein, wundert ihn. Das ist doch etwas, worauf man eigentlich nicht stolz ist. Sich über seinen Schnauzbart streichend, etwas, das er gerne tut, wenn er sich konzentrieren muss, fragt er weiter: »Gut, Sie hatten also Spaß miteinander, haben getanzt und getrunken. Wie konnte es dann passieren, dass Sie so sehr in Streit geraten, dass Ihr Freund Sie grün und blau schlägt?«

Thunder reißt die Augen auf, zumindest, soweit er in seinem momentanen Zustand dazu in der Lage ist.

»Wie meinen Sie das? Warum sollte Christian mich grün und blau geschlagen haben?«

Verstohlen tauschen die Mörderisch und der Fesch erstaunte Blicke. Diesen Schachzug des Herrn Donnersbach verstehen sie jetzt beide nicht.

»Na ja, es war doch Christian Hintergruber, der Sie verprügelt hat, oder nicht?«, legt der Herr Fesch nach. »Es gibt eine Zeugin, die gesehen hat, dass Sie von einem Werwolf geschlagen wurden.« Auch wenn er es nicht möchte, huscht plötzlich das Bild der Tupfinger Martha in ihrem Skelettkostüm durch den Kopf des Polizeibeamten. Hat sie ihm etwa ein Märchen erzählt? Wäre nicht das erste Mal, dass die Dorfgatschn es mit der Wahrheit nicht ganz so genau nimmt.

Ludwig Donnersbach richtet sich in seinem Bett auf. Anscheinend möchte er seinen Worten Nachdruck verleihen. »Ja, es war ein Werwolf, der mich so zugerichtet hat, aber doch nicht der Christian! Warum sollte ich mich mit meinem besten Freund prügeln?! Das ergibt doch keinen Sinn?!«

Kapitel 5

»Einen Früchtetee, bitte, und ein belegtes Brot, wenn's geht, mit Essiggurkerln.« Der Friedrich schaut den schnöseligen Kellner, den er schon von ihrem letzten Besuch hier in diesem schicken Kaffeehaus kennt, so freundlich an, wie er das im Moment zustande bringt. Begeistert ist er nämlich nicht über diese erzwungene Mittagspause, eine Vernehmung an der spannendsten Stelle zu unterbrechen, das schätzt er gar nicht. Aber ebenso wenig schätzen Spitalsärzte anscheinend eine durch Polizeipräsenz beeinträchtigte Visite.

Die Mörderisch klappt ihre Speisekarte zu. »Und für mich bitte einen doppelten Espresso und den mediterranen Salat nach Art des Hauses.«

»Den mediterranen Salat nach Art des Hauses, ausgezeichnete Wahl, meine Dame.«

»Ausgezeichnete Wahl, meine Dame«, äfft der Herr Fesch das gestelzte Getue des Kellners flüsternd nach, als dieser sich von ihrem Tisch entfernt. »Ob sich der privat auch so gewählt ausdrückt? Nichts gegen gute Manieren, aber dieses Überkandidelte, mit dem fang ich nicht besonders viel an. Da kommt dann halt wieder der bodenständige Sankt Lindenbaumer durch.«

»Der mit Sinn für die Oper und einem Hang zum Konditoren-Handwerk?«, neckt die Mörderisch ihr Gegenüber.

Der Friedrich rückt verlegen seine Nickelbrille zurecht und zuckt mit den Schultern. »Wahrscheinlich haben Sie recht, alles nur verstaubte Klischees, wie schätzen Sie denn unser

Gespräch mit Ludwig Donnersbach alias Thunder ein, meine Dame?«

Nun huscht ein ehrliches Lächeln über das Gesicht des Polizeibeamten. Wieder einmal fällt der Mörderisch dabei auf, dass er trotz seines Alters etwas äußerst Spitzbübisches hat.

»Keine Ahnung, ob wir ihm das mit dem zweiten Werwolf glauben können. Einerseits macht es ja vielleicht wirklich Sinn – dass beste Freunde einander derart verprügeln, ist doch eher unwahrscheinlich …«

»Außer, es geht um eine Frau«, wirft der Friedrich dazwischen. »Wenn die Liebe ins Spiel kommt, kann das sogar die festeste Freundschaft ins Wanken bringen.«

»Sprechen Sie aus Erfahrung?«, hakt die Kriminalbeamtin nach.

Schlagartig verändert sich der Fesche Gesichtsausdruck. Die Mörderisch spürt, dass sie einen kapitalen Fehler gemacht hat, und lenkt deshalb rasch ein: »Egal, wenn Sie das sagen, wird schon was dran sein. Wenn ein zweiter Werwolf im Spiel war, verändert das auf alle Fälle alles. Wenn nicht, dann hat uns dieser Thunder einen Bären oder in diesem Fall eben einen Wolf aufgebunden, um von sich als Täter im Fall Hintergruber abzulenken. Eine blutige Schlägerei mit Christian Hintergruber macht ihn nämlich zu einem eins a Verdächtigen – verletzter Stolz, Eifersucht, Rachegelüste, dazu eine Menge Alkohol und eventuell noch härtere Drogen – voilà, schon haben Sie den perfekten Mord im Affekt.«

Der Friedrich fährt sich mit der rechten Hand über den extravaganten Schnauzer, während er erwidert: »Allerdings, das klingt nach einer explosiven Mischung, die durchaus den Bauchstich und den darauffolgenden Sturz von der Sankt Lindenbaumer Promenade ausgelöst haben könnte. Herr Donnersbach hat uns auf alle Fälle noch einiges zu erklären, zum Beispiel, wo war Christian Hintergruber, während dieser ominöse zweite Werwolf seinen besten Freund beinahe totgeprügelt hat? Sollten Freunde einander in einer derartigen Situation nicht zur Seite stehen? Die Tupfinger Martha hat mir aber nur von Zombies erzählt, die Ludwig Donnersbach zu Hilfe gekommen sind. Einen zweiten Werwolf hat sie mit keinem Wort erwähnt.«

»Wir sollten der Frau Tupfinger einen Besuch abstatten, sobald wir wieder in Sankt Lindenbaum sind. Wir brauchen dringend einen genaueren, möglichst objektiven Zeugenbericht.« Die Mörderisch greift nach dem edlen Salzstreuer, der zwischen ihnen auf dem Tisch steht, und beginnt, ihn in ihren Händen zu drehen.

So ist das halt, wenn man keinen Schnurrbart zum Zwirbeln hat, schießt es dem Friedrich durch den Kopf, dann antwortet er süffisant: »Wenn Sie einen möglichst objektiven Zeugenbericht wünschen, ist die Tupfingerin wahrscheinlich die falsche Adresse. Besser wäre es, wir würden diese Zombies ausfindig machen, die die beiden Schläger schließlich voneinander getrennt haben. Eventuell wissen die, wer sich hinter der Werwolfsmaske verborgen hat.«

»Einmal der doppelte Espresso und der mediterrane Salat nach Art des Hauses und einmal der Früchtetee mit belegtem Brot und extra Essiggurkerln. Guten Appetit, der Herr.« Als der Kellner eine zierliche Glasschüssel, in der sich fünf Essiggurkerln befinden, neben Friedrichs Teetasse abstellt, revidiert dieser augenblicklich seine Meinung über den jungen Mann. Wer seine Bedürfnisse so ernst nimmt, kann kein unsympathischer Mensch sein.

»Vielen Dank, sehr freundlich«, erwidert er, diesmal mit einem ehrlichen Lächeln im Gesicht.

»Glauben Sie, bei den Zombies handelt es sich um Christian Hintergrubers Studienkollegen?«, holt die Mörderisch ihn zurück ins Ermittlungsboot.

Der Herr Fesch legt die Stirn in Falten. »Eventuell … wobei das ja nur dann wirklich Sinn macht, wenn der prügelnde Werwolf doch Christian Hintergruber war. Ansonsten hätten sich dessen Studienkollegen in eine Schlägerei zwischen zwei Fremden eingemischt.«

»Das würde man dann Zivilcourage nennen und wäre auch nicht total abwegig«, schießt die Kriminalbeamtin verbal zurück.

»Schon, aber die Martha hat gemeint, dass die als Zombies verkleideten Freunde der beiden Streithähne dazwischengegangen sind. Eventuell waren es also Ludwig Donnersbachs Freunde … Wie auch immer, was wir hier gerade machen, ist Teesudleserei. Das bringt also genau gar nichts. Konzentrieren wir uns lieber aufs Essen, und schauen wir, dass wir so rasch wie möglich zurück ins Krankenhaus kommen, um Genaueres zu erfahren!«

Ein Grinsen machte sich auf dem Gesicht der Kriminalbeamtin breit. »Ja, Papa, aufs Essen konzentrieren, wird gemacht!«

*

»Also gut, Herr Donnersbach, zurück zum Halloweenabend. Können Sie sich vielleicht daran erinnern, wo sich Christian Hintergruber aufgehalten hat, als Sie Opfer dieses zweiten ominösen Werwolfes wurden?« Der Friedrich hofft, dass man ihm die Skepsis nicht allzu sehr anhört.

Verschmitzt lächelnd, soweit das beim aktuellen Zustand seines sonst wahrscheinlich sehr attraktiven Gesichts zu erkennen ist, erwidert der junge Mann: »Daran erinnere ich mich nur allzu gut, Herr Inspektor. Der Christian ist kein Kostverächter, was die Frauenwelt angeht, wenn Sie verstehen, was ich meine. Er hat bei der Party im Sankt Lindenbaumer Gemeindesaal ein fesches Mädel kennengelernt. Ziemlich ausgeflippt, mit Tattoos, einem extremen Side-Cut und jeder Menge Holz vor der Hütte.«

Sofort erscheint die Frisörin seines Vertrauens vor Friedrichs innerem Auge. Das einzige Mädel in Sankt Lindenbaum, auf das alle drei Beschreibungsmerkmale zutreffen, ist nämlich die Zenzinger Jessy. Dass sich die nach dem Desaster mit ihrem Johnny schon wieder vergnügt, findet der Friedrich jetzt nicht verwerflich, aber doch ein bisserl überraschend.

»Den Namen dieses feschen Mädels kennen Sie nicht zufälligerweise?«, hakt die Mörderisch nach, obwohl der Friedrich sich ziemlich sicher ist, dass auch sie weiß, von wem hier die Rede ist.

Das Lächeln verschwindet aus Ludwig Donnersbachs Gesicht, ihm ist deutlich anzusehen, dass er konzentriert nachdenkt. Nach einer Weile meint er: »Irgendetwas Englisches. Ich weiß noch, dass ich mich gewundert habe, dass eine waschechte Sankt Lindenbaumerin einen englischen Namen trägt.«

Sagt der, den seine Freunde Thunder nennen, schießt es dem Herrn Fesch durch den Kopf.

»Jenny, Jacky, July ... irgendetwas mit J ...«, überlegt Ludwig Donnersbach laut weiter.

»Jessy?«, fällt die Kriminalbeamtin ihm ins Wort.

»Ja, genau, Jessy, das war's! Ihr Name war Jessy. Sie war als Katze verkleidet – ein ziemlich scharfes Kätzchen ... Der Christian hat zuerst ein bisschen mit ihr geplaudert, da waren wir, also seine Studienkollegen und ich, noch anwesend, danach hat er sich mit ihr in den Toilettenbereich verzupft, und ich bin rausgegangen, um ein wenig frische Luft zu schnappen.«

Der Friedrich, der sich nicht genauer damit beschäftigen will, warum die Jessy und Christian Hintergruber gemeinsam den Toilettenbereich des Sankt Lindenbaumer Gemeindegebäudes aufgesucht haben, atmet tief durch. »Okay, Sie waren also im Freien«, meint er dann. »Vor dem Eingangsbereich des

Gemeindesaals, als es zu dieser Schlägerei gekommen ist, hab ich das richtig verstanden?«

Thunder nickt.

»Genau, ich war zirka fünf Minuten draußen, als plötzlich dieser Werwolf aufgetaucht ist und zu stänkern begonnen hat. Er hat mich als widerlichen Schönling beschimpft und dann irgendwas von seiner Freundin gefaselt und dass ich ihm die nicht auch noch ausspannen werde ... Ich hab echt nicht verstanden, was der von mir wollte. Wie die berühmte Jungfrau zum Kind kommt, bin ich in diese Auseinandersetzung geraten. Wenn nicht Christians Studienkollegen dazwischengegangen wären, hätte ich den Blutrausch dieses Typen vielleicht nicht überlebt. Der war komplett durchgeknallt, der Kerl, sturzbetrunken oder auf Drogen, irgend so was halt.«

»Und Sie haben nicht die geringste Ahnung, wer dieser Werwolf gewesen sein könnte?« Dieses Mal versucht der Friedrich gar nicht erst, seine Skepsis zu verbergen.

Die Mörderisch mischt sich ein. »War es eventuell doch Christian Hintergruber?«

Vehement kopfschüttelnd entgegnet der Befragte: »Nein, garantiert nicht. Erstens ist dieser andere Werwolf von der Straße aus auf mich zugekommen, der Christian muss zu diesem Zeitpunkt aber noch im Gemeindegebäude gewesen sein. Außerdem hätte ich seine Stimme erkannt. Nein, der Christian war's mit Sicherheit nicht. Ich hab aber überhaupt keine Ahnung, wer es sonst gewesen sein könnte.«

Ludwig Donnersbach zögert einen Moment, dann ergänzt er: »Wenn ich mir's recht überlege, die Maske, hinter der der Typ, der mich zusammengeschlagen hat, sich versteckt hat, war aber tatsächlich die gleiche wie die, die Christian getragen hat. Trotzdem, er war's nicht. Ganz sicher nicht.«

Die Mörderisch und der Fesch schauen einander kurz an. Beide denken dasselbe. Zwei idente Werwolfsmasken – wurde

Christian Hintergruber am Halloweenabend eventuell Opfer einer tödlichen Verwechslung?

»Danke für Ihre Hilfe, Herr Donnersbach«, beendet der Friedrich, den es zurück nach Sankt Lindenbaum drängt, weil er dort unbedingt mit der Tupfinger Martha und der Zenzinger Jessy sprechen will, das Gespräch, »und baldige Besserung.«

»Kein Problem … und danke … Eines noch, Herr Inspektor, geht's dem Christian gut? Bevor ich im Wald zusammengebrochen bin, hatte ich eine schreckliche Vision, und jetzt erreiche ich ihn einfach nicht. Ich mach mir Sorgen um ihn.«

Das letzte bisschen Farbe weicht aus Ludwig Donnersbachs geschundenem Gesicht, als er die Reaktion der beiden Polizeibeamten realisiert. Antwort braucht er keine mehr.

»Oh, mein Gott, er ist tot«, ist alles, was er flüstert, bevor ihm Tränen über die Wangen laufen.

Kapitel 6

Als der Fesch und die Mörderisch vor dem Haus der Familie Zenzinger parken, ist es schon dunkel. Das ist das Einzige, was der Friedrich am Herbst und Winter gar nicht mag, dass es so früh dunkel wird. Für Aktivitäten an der frischen Luft fehlt ihm dann nämlich nach einem langen Arbeitstag meist die Energie. Wandern, fischen oder im glasklaren Sankt Lindenbaumer See schwimmen, davon kann er zu dieser Jahreszeit nur träumen, allerdings bleibt ihm so mehr Zeit zum Backen, und auch die Chorproben machen ihm mehr Freude, wenn nicht draußen die Vogerln mit den Sankt Lindenbaumer Männern um die Wette singen.

Apropos Chorproben, das Bild der Angelika Mitterbacher huscht durch den Kopf des Polizeibeamten. Ob sie vielleicht einen Verehrer hat, der sich gerne als Werwolf verkleidet? Nur so würde Ludwig Donnersbachs Bericht über die Vorwürfe des ominösen Schlägertypen Sinn ergeben. Obwohl, so ganz stimmt das ja nicht, rügt der Friedrich sich selbst, eine zweite Möglichkeit gibt es da auch noch. Eventuell ist dieser Thunder keine besonders treue Seele und macht auch anderen Frauen schöne Augen. Bei einer Freundin wie der Angelika hat er das zwar alles andere als nötig, denkt sich der Herr Fesch, aber was in den Köpfen dieser Schürzenjäger-Typen vorgeht, hat er ohnehin noch nie verstanden.

Der Friedrich ist nämlich ein Kavalier der alten Schule, eine Seele von einem Mann, ein Frauenversteher und die Treue in Person. Nie wäre es ihm in den Sinn gekommen, seine Gattin zu betrügen, deshalb hat es ihn ja auch so schwer getroffen, als diese ihm Hörner aufgesetzt hat.

»Herr Fesch, worauf warten Sie denn?!«, reißt die Stimme der Michi Mörderisch den Friedrich aus seinen Gedanken. Sie steht neben der geöffneten Beifahrertür und gibt dem Polizeibeamten per einladender Handbewegung ein Zeichen, doch endlich auszusteigen.

»'Tschuldigung«, murmelt der Friedrich, »ich war in Gedanken. Ich hab mich gerade gefragt, was wahrscheinlicher ist, dass der Herr Donnersbach seine Angelika betrügt oder dass diese einen zweiten Verehrer hat.« Für seine Körpergröße erstaunlich elegant entsteigt der Herr Fesch dem Mörderischen Sportwagen.

»Gute Frage«, erwidert die Kriminalbeamtin, »ich kenne ja Ihre Angelika noch nicht. Sobald ich mir ein Bild von ihr gemacht habe, kann ich Ihnen vielleicht bei der Beantwortung dieser Frage helfen. Aber jetzt quetschen wir erst mal die Jessy aus. Außerdem muss ich ihre Mutter fragen, ob sie vielleicht wieder die gemütliche Ferienwohnung für mich frei hat. Bei meinem letzten Aufenthalt in Sankt Lindenbaum hab ich übrigens zwei Kilo zugenommen. Ich hoffe, die Frau Zenzinger verwöhnt mich auch diesmal mit ihren köstlich-deftigen Kochkünsten.«

Nach ihrem letzten Aufenthalt in Sankt Lindenbaum – eigentlich ein Wunder, dass die Mörderisch den Ort nicht in schlechterer Erinnerung behalten hat. Immerhin haben die Ermittlungen im letzten Fall ziemlich dramatisch für sie geendet. Aber die Kriminalbeamtin hat eben nicht nur ein waschechtes Sixpack, sondern beweist auch sonst gerne Härte. Bewundernswert, findet der Friedrich.

Gerade, als der Polizeibeamte die Klingel betätigen will, geht die Haustür auf, und die Cecilia Zenzinger lächelt ihnen entgegen.

Wieder einmal wird dem Friedrich bewusst, dass sie ein äußerst sauberes Frauenzimmer ist.

»Frau Mörderisch, Friedrich, das ist aber eine nette Überraschung! Nur herein in die gute Stube«, begrüßt sie die beiden unerwarteten Gäste freundlich. »Lassen Sie mich raten, Frau Inspektor, Sie brauchen eine Unterkunft und wollen sich wieder in meinem bescheidenen Haus einquartieren?«

»Genau, woher wissen Sie das?«, erwidert die Michi Mörderisch erstaunt.

»Na ja, dass in Sankt Lindenbaum schon wieder ein Mord passiert ist, hat natürlich bereits die Runde gemacht – und jetzt stehen Sie hier vor meiner Haustür, den Friedrich im Gepäck – da muss ich nur eins und eins zusammenzählen.«

Der Friedrich, der sich gut vorstellen kann, dass das Sankt Lindenbaumer Tratsch-Netzwerk, geleitet von der Tupfingerin, bereits äußerst effizient Fake News verteilt hat, mischt sich ein: »Also, ob es tatsächlich ein Mord war, wissen wir noch nicht, Cecilia.«

»Na ja, bei einer aufgeschlitzten Kehle, herausquellenden Gedärmen und literweisem Blut am Tatort ist das aber schon sehr wahrscheinlich, oder?«, entgegnet die Frau Zenzinger senior ein bisserl schnippisch, obwohl das sonst gar nicht ihre Art ist.

Dem Herrn Fesch entfährt ein genervter Seufzer – also tatsächlich Fake News, auf die Tupfinger Martha ist eben Verlass.

»Lass mich raten, Cecilia, du hast deine Informationen über den vermeintlichen Mord von der Martha, stimmt's?«

Die Zenzingerin läuft rot an und nickt beschämt.

Sich über seinen Schnauzer streichend, meint der Friedrich daraufhin: »Gut, hätten wir das also auch geklärt. Und, ist deine Ferienwohnung jetzt frei oder nicht?«

»Die Frage erübrigt sich ja wohl, mein Lieber, oder glaubst du wirklich, dass Sankt Lindenbaum im November ein stark frequentiertes Reiseziel ist? Natürlich ist die Wohnung frei, ich hab sogar schon alles für Sie hergerichtet, Frau Mörderisch, und freue mich sehr, dass Sie wieder mein Gast sind. Das Abendessen wäre auch schon fertig. Rindsrouladen mit Bratkartoffeln und Rotkraut gibt's. Wennst willst, kannst mitessen, Friedrich, auch wenn du kein zahlender Gast bist. Ich hab extra ein bisserl mehr gemacht.«

Jetzt ist es am Friedrich, rot anzulaufen. Dass die Cecilia an ihn gedacht hat, auch wenn es nur in kulinarischer Form ist, schmeichelt ihm sehr.

»Da sag ich natürlich nicht Nein, Cecilia, danke ... Du, etwas ganz anderes, ist die Jessy zu Hause? Wir hätten da ein paar Fragen an sie.«

Schlagartig ändert sich die Stimmung der Frau Zenzinger. Wütend funkelt sie den Polizeibeamten an. »Die Jessy? Warum willst du die in diesen Fall hineinziehen, Friedrich? Meine Kleine hat nach der Sache mit dem Johnny genug mitgemacht, das weißt du doch ganz genau! Jetzt geht's ihr endlich wieder besser, ich will nicht, dass du sie mit irgendetwas belastest!«

Rasch bringt sich die Mörderisch ein. »Machen Sie sich keine Sorgen, Frau Zenzinger, wir haben nicht vor, Ihre Tochter in den Fall hineinzuziehen oder sie überflüssigerweise zu belasten, aber sie ist möglicherweise eine wichtige Zeugin, und nur sie kann uns in einer Frage weiterhelfen, die wir unbedingt klären müssen. Ich verspreche Ihnen, sensibel vorzugehen. Bitte, vertrauen Sie mir!«

Der Friedrich schweigt und fährt sich erneut über seinen extravaganten Schnauzbart. Irgendetwas an Cecilias Reaktion lässt die Alarmglocken in seinem Kopf schrillen. Natürlich, sie ist eine besorgte Mutter, aber dass sie gleich so aufdreht, wundert ihn sehr. Weiß sie etwas, das die Mörderisch und er noch nicht wissen? Etwas, das sie nicht einmal vermuten? Etwas, das möglicherweise alles ändert?

»Na gut, kommen Sie doch bitte rein!« Cecilia Zenzingers Gesichtsausdruck entspannt sich ein wenig, als sie eine einladende Handbewegung in Richtung der Kriminalbeamtin macht. Den Friedrich sieht sie dabei nicht an, was er sich aber nicht zu Herzen nimmt. Er folgt der Mörderisch und freut sich, als ihm im Windfang ein intensiver Rindsrouladen-Duft um die markante Nase weht, nicht nur auf das köstliche Essen, sondern auch auf die geheimnisvollen Informationen, die im Hause Zenzinger anscheinend auf ihn warten.

*

»Die Rindsrouladen waren himmlisch, danke, Cecilia.« Zufrieden streicht der Herr Fesch sich über seinen nicht besonders stattlichen Bauch. Er ist und bleibt ein Spargeltarzan, damit hat er sich mittlerweile abgefunden. Früher, da hat ihm diese Tatsache Probleme bereitet, aber heute ist er froh, dass er nicht wie fast alle seiner Bekannten ständig gegen das eine oder andere Extrakilo kämpfen muss – und wenn es nur gedanklich ist.

»Also, ich würde noch eine Roulade nehmen, wenn ich darf, Frau Zenzinger.« Ungeniert schaufelt sich die Mörderisch eine Riesenportion Bratkartoffeln auf den Teller, bevor sie sich ihre dritte Rindsroulade angelt.

»Das freut mich aber, dass es Ihnen so schmeckt, Frau Inspektor. Wann soll ich Ihnen denn morgen das Früh…«

»Wo ist jetzt eigentlich die Jessy?«, unterbricht der Friedrich die beiden Frauen ein wenig harsch. Satt ist er, worauf soll er also noch warten?

Ein strafender Blick der Mörderisch ist die Folge. Auch Cecilia Zenzinger klingt wenig begeistert, als sie antwortet: »Die Jessy ist nicht zu Hause. Die ist bei der Theaterprobe.«

»Theaterprobe?! Am Feiertag?!«, entfährt es dem Friedrich entsetzt. Was sind denn das für neue Sitten?

»Frag mich nicht«, erwidert Cecilia schulterzuckend, »seit die Martha die Regie übernommen hat, ist alles anders. Keine Probe darf ausfallen, Feiertag hin oder her, hat sie gemeint. Die Jessy sagt, dass sie sich aufführt, als würde ihnen eine Burgtheater-Premiere bevorstehen. Kennst sie eh, Friedrich.«

Allerdings, das tut er. Die Tupfingerin als Regisseurin des österlichen Theaterstückes, das klingt abenteuerlich und äußerst anstrengend – vor allem für die Sankt Lindenbaumer Laiendarsteller.

»Proben sie immer noch im Gemeindesaal?«, meint er.

»Natürlich, sonst gibt's ja in ganz Sankt Lindenbaum keine Bühne. Ich schätze, so in zwei, drei Stunden wird die Jessy wieder da sein. Also entweder wartet ihr auf sie …«

»… oder wir schauen uns die Probe an«, übernimmt der Herr Fesch.

Ein Grinsen erscheint auf dem Gesicht der Mörderisch. Ein wenig zynisch sagt sie: »Ich könnt mir nichts Schöneres vorstellen. Außerdem können wir dann gleich mit Jessy und der Frau Tupfinger reden. Wir schlagen also praktisch zwei Fliegen mit einer Klappe.«

*

Eine dichte Nebelsuppe verhüllt den Eingang zum Sankt Lindenbaumer Gemeindesaal, aus dem ein schwacher Lichtschein nach draußen bricht. Überhaupt nicht gedämpft sind allerdings die Stimmen, die von drinnen bis auf die Straße dringen.

»Nein, nein, also nein! So geht das nicht! Ich brauch mehr Gefühl von dir, Jessy, mehr Emotionen, mehr Leidenschaft!« Die Tupfinger Martha, wie sie leibt und lebt.

»Mehr Leidenschaft?!« Jessy Zenzingers Stimme hat einen genervten Unterton. »Ich sag den wahnsinnig spannenden Satz *Tut mir leid, aber der Schweinsbraten ist aus.* Da ist Leidenschaft so ziemlich das Letzte, was mir in den Sinn kommt«, ätzt sie. Der Friedrich kann sich nur allzu gut vorstellen, wie sie die Augen verdreht. Wer wohl die glorreiche Idee gehabt hat, die Tupfingerin zur Regisseurin des österlichen Theaterstückes zu ernennen? Muss ein Unterlindenbaumer gewesen sein.

»Wer ist hier die Regisseurin, Jessy, du oder ich?!«, schießt die Martha nun giftig zurück.

Eine männliche Stimme, die der Herr Fesch gerade keinem Sankt Lindenbaumer zuordnen kann, versucht zu beruhigen. »Nur nicht aufregen, Ladies, das schadet dem Teint!«

»Können wir jetzt bitte weitermachen, ich hab nicht ewig Zeit!«

Ein wohliger Schauer läuft dem Friedrich über den Rücken, während er sein Notizbuch zückt und *Theaterkarte für Ostersonntag reservieren* hineinschreibt. Wenn die Frau Doktor Weißinnger im Osterstück mitspielt, dann darf er die Uraufführung auf keinen Fall verpassen.

»Na, gehen wir jetzt endlich rein, oder wollen Sie Ihren Einkaufszettel noch fertigstellen?«, reißt die Mörderisch den Herrn Fesch aus seinen Allgemeinmedizinerinnen-Träumen.

»Sicher!«, ist alles, was der Polizeibeamte erwidert. Er ist froh, dass man – der Nebelsuppe sei Dank – nicht sieht, dass sein Gesicht dabei rot anläuft.

»Bitte! Wir können die Probe an dieser Stelle gerne abbrechen! Von mir aus müssen wir nicht proben! Ich steh zu Ostern nicht auf der Bühne und blamiere mich! Das seid ganz alleine ihr!«, schnappt die Martha Tupfinger gerade zurück.

Die Michi Mörderisch greift nach der Schnalle der Gemeindesaaltür und flüstert dem Friedrich zu: »Verstehen Sie, warum sich jemand das antut? Theaterprobe unter dem Kommando einer Frau Tupfinger?«

Grinsend antwortet der Polizeibeamte: »Müssen alles Masochisten sein.«

»'Tschuldigung, die Herrschaften, dass wir so unerwartet in Ihre Probe platzen, aber wir haben da ein paar dringende Fragen«, lässt der Friedrich seinen sonoren Bass durch den Gemeindesaal hallen.

Die Aufmerksamkeit der Sankt Lindenbaumer Laiendarsteller gilt sofort dem Polizeibeamten. Sogar auf Martha Tupfingers Gesicht erscheint ein Lächeln. »Mei, Friedrich, du wärst der geborene Schauspieler. Dich müsst ich nie dazu drängen, lauter zu sprechen«, meint sie, wobei sie gegen Ende ihrer Botschaft einen strengen Blick auf ihre schauspielenden Schäfchen wirft.

»Danke, Martha, das hat mir gerade noch gefehlt«, entfährt es dem Friedrich, der, als ihm bewusst wird, dass das jetzt wenig charmant war, noch nachsetzt: »Weißt eh, ich hab mit meinen anderen Hobbys schon mehr als genug am Hals.«

Zum Glück scheint die Martha nicht beleidigt zu sein. Zu stark ist ihre ewige Sensationsgier. Aufgeregt fragt sie also: »Bist du wegen dem Mord auf der Sankt Lindenbaumer Promenade hier? Wen von uns willst du denn befragen?«

»Ob es sich um einen Mordfall handelt, wissen wir noch nicht, Frau Tupfinger. Ich würde Sie bitten, diesbezüglich keine Gerüchte in die Welt zu setzen!«, entgegnet die Mörderisch streng.

»Ich?! Gerüchte in die Welt setzen?! So was würde ich doch nie tun!«, protestiert die Martha Tupfinger, was, wie man an den Gesichtern der Schauspielerriege erkennen kann, nicht nur die beiden Polizeibeamten amüsant finden. Nur eine der Sankt Lindenbaumerinnen auf der kleinen Bühne des Gemeindesaales kämpft nicht gegen ein Lachen an. Ganz im Gegenteil, ihr steht die Nervosität ins Gesicht geschrieben, und dem Friedrich behagt überhaupt nicht, dass es sich dabei um die Jessy Zenzinger handelt.

KAPITEL 7

»Sag einmal, stehst du auf Schmerzen, Jessy, oder warum tust du dir das an?«, versucht der Friedrich, die Stimmung mit einem flapsigen Spruch aufzulockern. Der Gedanke, dass die junge Frau etwas mit dem grauslichen Verbrechen vom Halloweenabend zu tun haben könnte, behagt ihm gar nicht.

Gequält lächelnd erwidert diese: »Mei, so schlimm ist's auch nicht mit der Martha. Sie will halt das Beste aus uns herauskitzeln, unser Potenzial ganz ausschöpfen. Dass wir nicht den Salzburger *Jedermann* einstudieren, sondern nur einen Sankt Lindenbaumer Schwank in drei Akten, das vergisst sie dabei eben ein bisserl. Aber das Stück ist wirklich lustig, Herr Inspektor, das sollten Sie sich auf keinen Fall entgehen lassen.«

»Auf keinen Fall!«, entgegnet der Friedrich eine Spur zu euphorisch, aber zum Glück weiß keiner außer ihm, dass das an einer ganz bestimmten Schauspielerin liegt. Welche Rolle die Frau Doktor Weißinnger wohl hat? Sicher etwas Verführerisches, die schöne Fremde aus der Stadt oder so.

»Ich spiele übrigens eine Kellnerin, die …«

»Genug geplänkelt, ich denke, wir sollten zur Sache kommen«, unterbricht die Mörderisch die Jessy harsch. »Also, los geht's, erzählen Sie uns, wie das gestern Abend so war, mit Ihnen und dem Hintergruber Christian!«

»Hintergruber Christian?«, fragt die junge Frau erstaunt nach.

»Die Theaterprobe ist beendet, Frau Zenzinger, uns müssen Sie nichts vorspielen. Wir wissen, dass Sie die Halloweenparty im Gemeindesaal genutzt haben, um Herrn Hintergruber etwas näherzukommen, also bitte, ersparen Sie uns diese Show. Oder haben Sie was zu verbergen?« Der Friedrich fragt sich, ob die Mörderisch Michi eventuell unterzuckert ist, ganz so grantig müsste sie nämlich eigentlich nicht sein zu Beginn der Ermittlungen.

Die Jessy ist aber anscheinend auch unterzuckert, denn sie schießt zurück: »Also, eines möcht ich mal klarstellen: Wem ich wann und wo wie näherkomme, geht alleine mich was an! Ich bin ja schließlich keine Nonne!«

»Normalerweise wäre ich da ganz bei Ihnen, Frau Zenzinger, aber wenn das Objekt Ihrer Begierde wenige Stunden später verstirbt, müssen Sie unsere Fragen leider beantworten«, spielt die Kriminalinspektorin den Ball unsanft zurück.

Nun weicht jedes letzte bisserl Farbe aus Jessys hübschem Gesicht. »Verstirbt?«, hakt sie ungläubig nach.

»Du hast doch sicher von dem verunglückten jungen Mann im Werwolfkostüm gehört, den wir heute Nacht gefunden haben«, mischt sich der Friedrich diplomatisch ein. Dass sie von einem Mordfall ausgehen, muss er an dieser Stelle ja nicht unbedingt preisgeben.

Fahrig streicht sich die Jessy über die faltenlose Stirn und die mit klitzekleinen Sternchen tätowierte linke Schläfe. »Ja, schon, aber ich hab gar nicht daran gedacht, dass es sich bei dem Verstorbenen um den Typen handeln könnte, mit dem ich gestern Abend ein bisschen herumgemacht habe. Er war ja nicht der einzige Werwolf auf dieser Party. Davon war eine ganze Menge unterwegs.«

Die Mörderisch und der Fesch werfen einander skeptische Blicke zu. Beide sind sich nicht sicher, ob sie das glauben sollen oder nicht.

»Haben Sie *den Typen* denn gar nicht nach seinem Namen gefragt?«, will die Kriminalinspektorin nun wissen.

»Nein«, zischt die Befragte, »ich wollte ihn ja nicht heiraten, sondern nur ein bisserl Spaß mit ihm haben. Unter seiner Werwolfsmaske war er ziemlich fesch, mehr hat mich nicht interessiert. Tun Sie nicht so, als würden Sie das nicht verstehen, Frau Inspektor. Sie sind ja schließlich auch noch jung.«

Die zarte Röte im Gesicht der Mörderisch lässt darauf schließen, dass ihr dieses Kompliment runtergeht wie Öl. Der Friedrich, dem wieder einmal bewusst wird, dass er nicht mehr jung ist, fragt sich hingegen, ob die Sache mit dem Johnny die Jessy tatsächlich so verändert hat. So verbittert kennt er sie sonst gar nicht. Ein wenig schockiert ihn dieser Wandel. Rasch greift er in seine Jackentasche und zieht daraus das Foto von Christian Hintergruber hervor, das ihm dessen Mutter unter Tränen anvertraut hat. Dunkelblonde mittellange Locken, große graublaue Augen, ein Dreitagebart und ein schelmisches Lächeln im Gesicht, kein Wunder, dass die Jessy da schwach geworden ist, schießt es ihm dabei durch den Kopf.

»Ist das der Typ, mit dem du geschmust hast, Jessy?«, fragt er ungeniert, als er der jungen Frau das Foto unter die Nase hält.

Der steigen augenblicklich die Tränen in die Augen.

»Ja, das ist er«, flüstert sie entsetzt.

»Gut, dann beantworten Sie mir bitte folgende Fragen, Frau Zenzinger«, fährt die Mörderisch unnachgiebig fort. »Wann genau haben Sie sich mit Christian Hintergruber im Toilettenbereich des Gemeindesaals aufgehalten, und haben Sie etwas von der Schlägerei mitbekommen? Wissen Sie, ob er derjenige war, der einen als Vampir verkleideten jungen Mann verprügelt hat?«

Ein Schulterzucken folgt der Mörderischen Frage.

»Keine Ahnung, wann genau das war. Ich bin gegen acht in den Gemeindesaal gekommen, hab ein bisschen was getrunken, und dann hat mich dieser Werwolf angeflirtet. Eine Zeit lang haben wir getanzt, danach hab ich ihn gebeten, die Latexmaske abzunehmen. Dann ist es ziemlich schnell gegangen. Wir haben uns ein stilles Plätzchen gesucht … Von der Schlägerei hab ich nichts mitbekommen. Erst das Trara danach, als der Vampir draußen blutverschmiert auf dem Boden gelegen ist, die Tupfinger Martha sich aufgepudelt und Sie verständigt hat, Herr Inspektor. Also der Typ, mit dem ich geschm… der Christian, der hat sicher nichts damit zu tun gehabt. Ganz im Gegenteil, der war komplett aufgelöst, weil dieser Vampir sein bester Freund ist und er ihn wegen mir im Stich gelassen hat, irgend so was hat er mir erzählt, bevor er mir seine Handynummer gegeben hat und mit den anderen verschwunden ist.«

»Den anderen?«, hakt der Friedrich nach.

»Na ja, dem blutenden Vampir und den beiden Zombies, mit denen er nach Sankt Lindenbaum gekommen ist. Und jetzt ist er tot … Irgendwie hab ich kein Glück mit den Männern.«

Dem Friedrich tut die Jessy richtig leid, wie sie da so traurig vor ihm sitzt. Dennoch sagt er in diesem Moment nichts. Viel zu sehr beschäftigt ihn die Frage, wer der ominöse Werwolf gewesen ist, der Ludwig Donnersbach grün und blau geschlagen hat. Außerdem meldet sich da auch wieder dieses Bauchgefühl, das ihm sagt, dass Christian Hintergruber vielleicht einfach nur zur falschen Zeit am falschen Ort gewesen ist und dabei vor allem die falsche Latexmaske getragen hat. Eine tödliche Verwechslung, die erscheint ihm immer wahrscheinlicher.

*

»Frag mich nicht, warum ich mir das antue, Friedrich, ich weiß auch nicht. Muss an meinem guten Herzen liegen, daran, dass ich einfach nicht Nein sagen kann, wenn man mich um etwas bittet.«

Theatralisch seufzend lässt sich die Tupfinger Martha auf den Sessel fallen, den der Friedrich sich gegenüber platziert hat.

Er kann nicht umhin zu bemerken, dass das enge Wollkleid in einem schrecklichen Siebzigerjahre-Orange-Ton, das sie heute trägt, nicht unbedingt ihre Vorzüge betont.

»Weißt, auf Knien sind sie angekrochen gekommen, weil der Ferdinand die Regiearbeit aufgegeben hat, gebettelt haben sie, bis ich mich überreden hab lassen. Und, was hab ich davon? Gar nichts. Jetzt muss ich meine Wochenenden und sogar die Feiertage opfern, um mit einer Gruppe von Ignoranten an einem Stück zu arbeiten, dessen Tiefe sie gar nicht erkennen, geschweige denn zu schätzen wissen …«

Der Friedrich, der alles darauf verwettet hätte, dass die Martha die Regie völlig freiwillig und ohne langes Zögern übernommen hat, räuspert sich kurz und unterbricht sein Gegenüber. »Ja mei, du bist halt eine gute Seele, Martha. Ich bin mir sicher, du bekommst das bestens hin. Das Stück wird garantiert ein Knaller. So, und jetzt erzähl uns bitte ganz genau, was du gestern Abend beobachtet hast!«

Ein Schmunzeln huscht über das Gesicht der Mörderisch. Was den Umgang mit schwierigen Zeugen angeht, kann sie wirklich noch von ihrem Kollegen lernen. Ohne rot zu werden, schwindelt er gekonnt, nur, um der Tupfingerin zu schmeicheln und ihre volle Kooperationsbereitschaft zu gewinnen.

»Eigentlich hab ich dir das eh gestern Abend schon alles erzählt. Die beiden Burschen, der Hintergruber-Sohn und der windige Westentaschencasanova, der sich die Mitterbacher Angelika angelacht hat, haben sich geschlägert. Dann hab ich dich angerufen, aber bevor du da warst, waren die zwei und ihre sauberen Freunde auch schon wieder weg. Haben sich einfach in Luft aufgelöst.« Der Martha Tupfinger ist anzusehen, dass sie diese Situation mehr als genießt. Sich wichtig fühlen ist eine ihrer Lieblingsbeschäftigungen.

Langsam fährt sich der Friedrich über seinen Schnauzer. »Wie kommst du darauf, dass es sich um den Christian Hintergruber und den Freund von der Mitterbacher Angelika gehandelt hat? Das hast du mir gestern Abend noch nicht erzählt.«

Kurz huscht eine auffällige Röte über das Gesicht der Tupfingerin, sie fängt sich aber rasch wieder.

»Das weiß doch jeder! Glaub mir, Friedrich, das hat sich mittlerweile rumgesprochen. Der Hintergruber-Sohn hat den Mitterbacher-Freund halb totgeprügelt, wahrscheinlich, weil er auch scharf auf die Angelika ist, und danach hat sich Letzterer gerächt. Blöd halt, dass der während seiner Racheaktion ein Messer dabeihatte und auch keinerlei Skrupel gehabt hat, es zu benutzen. So eine Kehle ist anscheinend schneller durch, als einem lieb ist.«

Am genervten Ausatmen der Kriminalbeamtin merkt man, dass sie von Martha Tupfingers Fake News-Show nur wenig hält.

»Frau Tupfinger, ich muss Sie erneut bitten, keine Halbwahrheiten zu verbreiten!«, herrscht sie diese nun auch resolut an.

»Halbwahrheiten? Das heißt, ein Teil davon stimmt? Wusste ich's doch!«, entgegnet die Martha triumphierend. Von Einsicht keine Spur.

»Sag, hast du außer dem einen Werwolf, der auf den Vampir eingeprügelt hat, auch noch einen anderen Partygast gesehen, der als Werwolf verkleidet war? Möglicherweise sogar einen, der dieselbe Maske getragen hat wie der Schlägertyp?«, geht der Friedrich erst gar nicht auf Marthas Antwort ein.

Die überlegt einen Moment, schüttelt dann aber den Kopf.

»Nein, keinen, der eine so scheußliche Maske aufgehabt hat. Da waren schon ein paar, die sich als Werwolf verkleidet haben, aber so eine professionelle, grausliche Maske hat sonst keiner getragen. Die war wirklich zum Gruseln. Muss aus Latex gewesen sein, zum Fürchten, sag ich dir, Friedrich, wie in einem dieser Horrorfilme, die sich die Jugend von heute so gerne ansieht.«

Den *Die Jugend von heute*-Kommentar bekommt der Herr Fesch gar nicht mehr mit. Vor seinem inneren Auge erscheint wieder das Bild des toten jungen Mannes und der Latexmaske, die er ihm gerade vorsichtig vom Kopf gezogen hat. Marthas Beschreibung des Verkleidungsutensils passt genau zu dem, was er wahrgenommen hat. Hat die Tupfingerin nur einen Werwolf mit Latexmaske gesehen, weil sich der andere zum Zeitpunkt der Schlägerei gerade mit Jessy Zenzinger im Inneren des Gemeindesaals vergnügt hat? Das ergibt aber nur Sinn, wenn Ludwig Donnersbachs Sparring-Partner erst zum Zeitpunkt des Kampfes auf der Bildfläche erschienen und danach gleich wieder verschwunden ist. Nur, um kurz darauf von Christian Hintergruber abgelöst zu werden, der den Verletzten gemeinsam mit zwei Studienkollegen vom Platz des Geschehens weggebracht hat.

»Martha, hast du die gesamte Schlägerei beobachtet, oder bist du kurz weggegangen?«, fragt der Friedrich nach, da das alles für ihn nicht ganz schlüssig ist. Zumindest kurzfristig müssten sich zwei als Werwolf Maskierte gleichzeitig vor dem Eingang des Gemeindesaals befunden haben, ein von Martha Tupfinger unbemerkter Werwolf-Wechsel, der erscheint dem Polizeibeamten praktisch unmöglich.

Erneut wird die Tupfingerin rot, dieses Mal aber längerfristig.

»Na ja, kann sein, dass ich kurz auf die Hauptstraße gegangen bin, weil dort der Handyempfang besser ist«, nuschelt sie nun.

»Wann genau?«, hakt die Mörderisch nach.

»Als die Schlägerei schon vorbei war und der eine Bursch am Boden gelegen ist.« Eine so leise Tupfingerin hat wirklich Seltenheitswert.

»Was haben Sie denn, anstatt Erste Hilfe zu leisten, gemacht, auf der Sankt Lindenbaumer Hauptstraße, dort, wo der Handyempfang besser ist?« Die Stimme der Kriminalbeamtin hat mittlerweile eine bedrohliche Klangfarbe angenommen.

Die Martha geht nun nach dem Motto *Angriff ist die beste Verteidigung* vor. In gewohnter Lautstärke erwidert sie: »Telefoniert, was sonst?!«

»Mit wem?«

Einen Moment lang fragt sich der Friedrich, ob die Michi Mörderisch dieses Spiel genießt. Wie eine Katze, die ihre verzweifelte Beute noch ein bisschen vor sich hertreibt, bevor sie sie frisst. Auch wenn die Tupfingerin optisch wenig von einem Mäuschen hat, der Vergleich passt wie die Faust aufs Auge, findet der Friedrich, als diese beinahe panisch schreit: »Das geht Sie gar nichts an! Außerdem hab ich ein Recht darauf, meine Freundinnen auf dem Laufenden zu halten! Und jetzt entschuldigen Sie mich bitte, das Theaterstück studiert sich nicht von selbst ein!«

Mit beinahe jugendlichem Elan springt Martha Tupfinger auf und stürmt davon. Nicht ohne kurz stehen zu bleiben, sich den beiden Polizeibeamten zuzuwenden und, den Friedrich fixierend, mit süßer Stimme zu säuseln: »Wenn du noch etwas von mir brauchst, Friedrich, dann melde dich einfach. Für *dich* bin ich immer da.«

»Wenn du noch etwas von mir brauchst, Friedrich, dann melde dich einfach. Für dich bin ich immer da«, äfft die Mörderisch die Tupfingerin grinsend nach, als diese von der Bildfläche verschwunden ist. »Ich muss schon sagen, Sie haben wirklich eine enorme Wirkung auf die Frauenwelt, Herr Fesch. Im Grunde wissen wir jetzt genauso viel wie zuvor.«

»Allerdings, das tun wir. Wir fischen also weiter im Trüben«, murmelt der Friedrich, während er wehmütig daran denkt, dass es schon viel zu lange her ist, dass er das letzte Mal angeln war. Und plötzlich verspürt er diese Sehnsucht nach dem Sankt Lindenbaumer See. Eine Sehnsucht, die er wohl besser rasch stillen sollte.

Kapitel 8

Dichte Nebelfetzen hängen schwer im Wald rund um den Sankt Lindenbaumer See, als der Friedrich zu einem kleinen Herbstspaziergang antritt, in der Hoffnung, dass dieser ihm das Hirn ein wenig freibläst. Er steht hinten und vorne an, was diese Sache mit dem Hintergruber Christian angeht, und das gefällt ihm überhaupt nicht.

»Gehen S' ruhig spazieren, Herr Kollege, ich lasse mich einstweilen von der Frau Zenzinger kulinarisch verwöhnen. Ich wette mit Ihnen, dass sie mindestens einen Kuchen für mich gebacken hat. Vielleicht auch zwei, damit ich ein bisserl Auswahl habe«, hat die Mörderisch grinsend gemeint, als er sie gefragt hat, ob sie nicht mitkommen möchte. Dabei hat sie ihr Sixpack gestreichelt – ein Wahnsinn, diese Frau.

Jetzt spaziert der Friedrich also alleine um den See und ist ganz froh darüber. Die besten Ideen kommen ihm meistens in den wirklich stillen Momenten. Und wenn es hier, rund um den herbstlichen, frühabendlichen See, eines ist, dann still. Das erleichtert es dem Polizeibeamten, immer und immer wieder die Gespräche der letzten Stunden gedanklich Revue passieren zu lassen. Wenn er nur wüsste, ob es diesen zweiten Werwolf tatsächlich gegeben hat oder ob ihm die Jessy einen Bären aufbinden wollte, um ihr Gspusi zu schützen. Allerdings, was bringt das dem Gspusi, wenn es ohnehin schon das Zeitliche gesegnet hat? Der Herr Fesch ärgert sich maßlos darüber, dass ihn dieses Mal sein sonst so sicheres Bauchgefühl im Stich zu lassen scheint. Die Tatsache, dass die Martha Tupfinger durch ihre Sensationslust den Ort der Prügelei im entscheidenden Moment verlassen und genau gar nichts mitbekommen hat, trägt nicht unerheblich zu dieser Unsicherheit bei.

Nun greift der Friedrich in eine der Taschen seiner Übergangsjacke, die eigentlich für einen Spaziergang zu dieser Uhr- und Jahreszeit viel zu dünn ist, und zaubert eine erstaunlich große Taschenlampe hervor. Mittlerweile ist es sogar für den Herrn Fesch, der eigentlich ein ziemlich unerschrockenes Wesen ist und den See und dessen Umgebung wie seine Westentasche kennt, zu dunkel, um ohne jegliche Beleuchtungshilfe weiterzugehen. Er hat ja schließlich keine Lust, über eine der vielen mächtigen Baumwurzeln zu stolpern, die den Waldweg, den er so liebt, säumen. Von einem Inspektor mit Gipshaxn hat im Rahmen einer Mordermittlung, und der Friedrich ist sich sicher, dass es sich um einen Mordfall handelt, eher keiner was.

Den Boden vor seinen Füßen sorgfältig ausleuchtend, geht er also weiter, die kalte frische Novemberluft inhalierend, immer noch in der Hoffnung, dass ihm doch endlich die Erleuchtung kommen möge, auf die er so dringend wartet. Oder zumindest ein eindeutiges Gefühl aus seiner Körpermitte.

»Christian Hintergruber, wem hast du etwas getan? Warum wollte dich jemand loswerden? Bist du jemandem auf die Zehen gestiegen? Wusstest du etwas, das du nicht wissen solltest? Hast du einem anderen den Grund gegeben, auf dich eifersüchtig zu sein?«, flüstert der Friedrich vor sich hin, in der Hoffnung, dass ihn keiner hört und für komplett verrückt hält.

Dabei wird ihm bewusst, dass er einfach noch viel zu wenig über das Mordopfer weiß. Das muss er unbedingt ändern. Wenn er herausfinden möchte, wer Christian Hintergruber das angetan hat, muss er sich ein klares Bild vom Umfeld des Toten machen.

Eine Bewegung einige Meter vor ihm lässt den Polizeibeamten kurz erstarren. Als er sich wieder gefangen hat, richtet er den Lichtkegel seiner Taschenlampe auf die Geräuschquelle. Alles, was er zu sehen bekommt, ist ein buschiger roter Schwanz, der kurz darauf im Unterholz verschwindet. Ein Fuchs. Wie lange ist es her, dass er hier den letzten Fuchs gesehen hat? Er kann sich beim besten Willen nicht mehr daran erinnern. Der Friedrich lässt den Lichtkegel weiterwandern, bis zu dem Mistkübel, der Herrn Reinekes Interesse geweckt zu haben scheint. Dem Mistkübel neben einer der rustikalen Bänke, die in unregelmäßigen Abständen den Waldweg säumen. Immer dort, wo man einen besonders guten Blick auf den See hat.

Und plötzlich ist es wieder da, das Bauchgefühl des Herrn Fesch, das ihm verlässlich den richtigen Weg weist. Dieses Mal gibt es ihm klar zu verstehen, dass er doch bitte unbedingt einen Blick in den Mistkübel werfen soll. Unbedingt!

Wie immer gibt der Friedrich dem Drängen seiner Körpermitte ohne lange Widerrede nach. Er lenkt den Lichtkegel seiner Taschenlampe auf das Innere des dunkelgrünen Metallkorbs und spürt augenblicklich, wie ihm das Adrenalin durch die Glieder fährt. Dass ihn dieser Spaziergang gedanklich weiterbringt, darauf hat er ja gehofft, dass so was passiert, damit hat er aber wirklich nicht gerechnet.

»Ja, was haben wir denn da?«, murmelt er zufrieden, während er nach den Gummihandschuhen kramt, die er, seit er die Michi Mörderisch kennt, auch in dieser Jacke mit sich herumträgt. Dabei denkt er ein wenig schadenfroh daran, dass sich die Kriminalbeamtin vermutlich in den Hintern beißen wird, weil sie doch tatsächlich einen Kalorienrausch dem Adrenalinrausch, den er gerade erlebt, vorgezogen hat.

*

»Also, Herr Kollege, jetzt haben Sie was verpasst. Die Frau Zenzinger, die hat Cremeschnitten gezaubert, von denen werd ich heute Nacht noch träumen. Ich glaub, ich hab drei ... Was haben Sie denn da?!«

Als der Friedrich langsam das Ungetüm, das er seit seinem frühabendlichen Waldausflug bei sich trägt, hinter seinem Rücken hervorholt, sind die fantastischen Cremeschnitten der Frau Zenzinger sofort vergessen. Wie ein Jagdhund, der Beute gewittert hat, stürmt die Kriminalbeamtin auf den Herrn Fesch zu. »Nein ... sagen Sie bloß ... das gibt's doch nicht!«, sprudelt es dabei lautstark aus ihr heraus.

Jetzt kann sich der Friedrich ein breites Grinsen beim besten Willen nicht mehr verkneifen. »Also, Frau Kollegin, wenn hier einer was verpasst hat, dann ja wohl Sie«, meint er zufrieden. Die geplante Überraschung ist ihm nur allzu gut gelungen.

»Aber, das ändert ja alles! Gut, dass Sie Gummihandschuhe tragen. Wer weiß, was wir auf dem Ding alles an für unsere Ermittlungen relevanten Spuren finden. Wenn wir Glück haben, bringt uns das einen großen Schritt voran.« Der Jagdhund hat mittlerweile sein messerscharfes Gebiss in der Beute versenkt, in der festen Absicht, diese nicht mehr loszulassen.

»Kommen Sie, lassen Sie uns in meine Ferienwohnung gehen! Dort können wir uns das Ding in Ruhe ansehen. Die Frau Zenzinger ist eh gerade ausgegangen, es sollte uns also niemand stören. Wir wollen ja schließlich nicht, dass diese Information bis an die Ohren der Frau Tupfinger dringt. Wer weiß, was die wieder daraus macht.«

»Allerdings, wenn wir etwas nicht wollen, dann das«, sagt der Friedrich, während er der Michi Mörderisch gut gelaunt in ihre temporären Sankt Lindenbaumer Räumlichkeiten folgt.

*

»Sind Sie sich ganz sicher, dass das die gleiche Werwolfsmaske ist wie die, die der Hintergruber Christian getragen hat?«

Die Mörderisch scheint ihr Glück nicht fassen zu können.

Der Herr Fesch nickt. »Ganz sicher, das gleiche professionelle, hässliche Latexding. Diesen Anblick vergesse ich bis an mein Lebensende nicht mehr.«

Die Kriminalbeamtin überlegt einen Moment, ob sie einen Scherz vom Format *Was in Ihrem Alter ohnehin nicht mehr allzu lange dauern wird* anbringen soll, lässt es dann aber bleiben und meint stattdessen: »Dann lassen Sie uns das Ding vorsichtig umdrehen! Sie wissen, was es bedeutet, wenn wir darin DNA-Spuren finden?«

»Dann steigt die Wahrscheinlichkeit herauszufinden, wer der Typ war, der Ludwig Donnersbach verprügelt hat, gewaltig. Außerdem können wir in diesem Fall der Mordopfer-Verwechslungstheorie nachgehen. Wie auch immer, es macht unsere Ermittlungen um einiges spannender.«

Extrem behutsam wendet die Michi Mörderisch, die mittlerweile natürlich längst Gummihandschuhe übergezogen hat, die Latexmaske, wobei sie vom Friedrich mit Argusaugen beobachtet wird.

Nicht, weil er nicht glaubt, dass sie ihre Sache gut macht, sondern, weil er es einfach nicht erwarten kann zu sehen, ob sein Fund sich auch wirklich lohnt. Obwohl, wenn er es sich recht überlegt, gelohnt hat sich die Sache allemal. Immerhin können sie nun davon ausgehen, dass es einen zweiten Partybesucher gegeben hat, der diese hässliche Maske zu seiner Verkleidung erkoren hat. Einen Partybesucher, der diese Maske ausgerechnet in einem einsam gelegenen Mistkübel im Wald rund um den Sankt Lindenbaumer See entsorgt hat. Einen Partybesucher, der also, wie es aussieht, etwas zu verbergen hat. Und wenn es *nur* die Tatsache ist, dass er sich der schweren Körperverletzung schuldig gemacht hat.

Stück für Stück befördert die Mörderisch nun das fleischfarbene Innere der Werwolfsmaske zutage. Einen Moment lang ist es totenstill im Raum. Die Spannung, die in der Luft liegt, ist beinahe körperlich zu fühlen.

»Treffer«, flüstert die Kriminalbeamtin dann plötzlich voller Genugtuung, noch bevor der Friedrich das Rot sehen kann, »tja, wenn man sich mit so einer Maske auf dem Kopf prügelt, kann das schon mal unschöne Blutflecke geben. Wie's aussieht, haben wir Ludwig Donnersbachs Kontrahenten gefunden. Vorausgesetzt natürlich, er ist einer unserer alten Bekannten.«

»Falls nicht, haben wir wenigstens eine DNA-Spur, mit der wir jeden unserer Verdächtigen abgleichen können«, ergänzt der Herr Fesch zufrieden. Nur wenige Augenblicke später ergänzt er weit weniger zufrieden: »Wenn wir nur schon einen Verdächtigen hätten.«

*

An diesem Abend ist der Friedrich praktisch nicht wiederzuerkennen. Er sitzt an seinem Küchentisch, leise Jazzmusik sprudelt aus den Lautsprechern seiner Stereoanlage, und während der Joseph und der Wolfgang ganz untypisch andächtig lauschen, summt der Herr Fesch ebenso untypisch beschwingt mit.

Ob das daran liegt, dass er bereits sein zweites Bier in Angriff nimmt? Oder an der köstlichen Cremeschnitte, die er gerade nach einem Teller Specklinsen verdrückt hat? Wie auch immer, der Polizeibeamte ist in der Stimmung für Neues, Ungewöhnliches, Wagemutiges, weshalb er nun auch sein Smartphone zückt und etwas tut, das er bis jetzt noch nie getan hat. Er benutzt die Internetfunktion seines Handys, um eine Website aufzurufen – die des Unterlindenbaumer Weingutes Hintergruber.

»Nobel, nobel«, murmelt er, als er gefunden hat, wonach er gesucht hat. »Wenn das nur nicht alles so klein wäre.«

Der Friedrich streckt seinen Arm so weit es geht, um die

nötige Distanz zwischen seinen nicht mehr ganz so scharfen Adleraugen und dem Smartphone zu schaffen. »Besser«, meint er schließlich zufrieden.

Die Website der Familie Hintergruber spielt wirklich alle Stückerln, was es dem nicht besonders technikaffinen Herrn Fesch nicht unbedingt leichter macht, sich auf ihr zurechtzufinden. Es dauert eine Weile, bis er es schafft, von der Homepage aus die einzelnen Unterseiten zu öffnen. Firmengeschichte und Unternehmensphilosophie, Produktübersicht, Preise, Auszeichnungen, Webshop, da – hier ist, wonach er eigentlich sucht: eine Bildergalerie. Neben beeindruckenden Landschaftsaufnahmen, auf denen Unterlindenbaum fast so malerisch wirkt wie Sankt Lindenbaum, und Unmengen an Weinflaschen mit aufregenden, künstlerisch wertvollen Etiketten darauf, findet der Friedrich endlich auch einige Fotos der Familie Hintergruber. Eines nach dem anderen führt der Inspektor sich in Ruhe zu Gemüte. Und je länger er die Bilder betrachtet, desto stärker wird dieses Gefühl in seiner Magengrube, das er nur allzu gut kennt. Irgendetwas stimmt hier nicht. Kilian Hintergruber, ein adretter Mann Anfang fünfzig – groß, relativ schlank, ziemlich volles, von grauen Strähnen durchwirktes schwarzes Haar, eher kleine, hinter einer Brille verborgene graublaue Augen, Helene Hintergruber, eine gut aussehende Frau Ende vierzig – kleiner als ihr Mann, ein wenig mollig, mittellange, lockige, dunkelblonde Haare, große braune Augen und ein freundliches Lächeln im Gesicht und die Eltern Letzterer, ein erstaunlich rüstiges Paar Ende siebzig, auf dem einen Foto. Helene und Kilian Hintergruber samt ihren Geschwistern auf dem nächsten Foto. Gefolgt von Helene und Kilian Hintergruber mit ihrem Neffen …

Der Friedrich studiert jedes der Familienfotos ganz genau, aber auf keinem kann er Christian Hintergruber entdecken.

»Na, wenn das nicht seltsam ist«, raunt er, bevor er einen

weiteren Schluck Bier nimmt und nach ein paar gesalzenen Erdnüssen greift, die er in einer Schüssel vor sich stehen hat.

»Warum durftest du nicht mit auf die Familienfotos, Christian Hintergruber? Liegt es daran, dass du in Ungnade gefallen bist, als du dich für ein Archäologiestudium entschieden hast? Oder bist du einer von denen, die sich nicht gerne im Internet zeigen? … Moment! Das haben wir gleich«, brummelt der Herr Fesch vor sich hin, während er die Website der Hintergrubers schließt und den Namen ihres Filius in die Suchmaschine seines Smartphones eintippt, was zwar ein bisschen länger dauert als geplant, irgendwann dann aber dennoch zum Erfolg führt.

»Okay, da hätten wir die Antwort, von Internetscheue keine Spur.« Ein zufriedenes Lächeln macht sich auf Friedrichs Gesicht breit, als er die Facebook-Seite des Gesuchten aufruft. Außer der Facebook-Seite findet er noch jede Menge anderer Suchergebnisse zur Person Christian Hintergruber, aber was er damit anfangen soll, weiß er nicht so recht. Er beschließt also, morgen die Michi Mörderisch zu bitten, sich das alles ganz genau anzusehen. Nachdem er einige Erdnüsse mit einem weiteren Schluck Bier runtergespült hat, murmelt der Friedrich schließlich: »Also, Christian Hintergruber, warum bist du nicht auf der Homepage deiner Familie zu finden? Wolltest du nichts mit dem Weingut zu tun haben? Oder war es doch eher umgekehrt? Ich kann mir ja gut vorstellen, dass dein Vater sauer auf dich gewesen ist, weil du nicht in seine Fußstapfen treten wolltest.« Wieder einmal sieht der Polizeibeamte für einen kurzen Moment seinen eigenen Vater vor sich und dessen entsetztes Gesicht, als er ihm eröffnet, dass er Opernsänger werden will.

»Oder war es deine Mutter, die du enttäuscht hast? Immerhin ist das Weingut seit Jahrzehnten im Besitz ihrer Familie. Was war das für ein Getratsche damals, als deine Mutter einen Auswärtigen geheiratet und er ihren Namen angenommen hat. Einen Zuagrasten, der großkotzig damit geprahlt hat, das Weingut Hintergruber komplett umkrempeln zu wollen, um mit ihm Geschichte zu schreiben«, denkt der Friedrich laut zurück an einen kleinen gesellschaftlichen Unterlindenbaumer Skandal, der es auch an ihm, einem waschechten Sankt Lindenbaumer, nicht vorbeigeschafft hat, damals, gegen Ende der Achtzigerjahre des letzten Jahrtausends.

Und dann hat er plötzlich seine Mutter vor Augen, die meint, dass es doch gar nicht so schlimm ist, wenn er versucht, seinen Weg als Opernsänger zu gehen. Dass er alles schaffen kann, was er nur möchte, weil er in so vielen Dingen begabt ist. Ob Helene Hintergruber ihrem Sohn eine Mutter gewesen ist wie die seine ihm? Eine uneingeschränkt liebende Mutter? Ein steter Fels in der Brandung?

Das unerwartet einsetzende aufgeregte Geplapper seiner beiden Wellensittiche reißt den Friedrich aus seinen Gedanken. Erst jetzt bemerkt er, dass die beruhigende Jazzmusik verstummt ist.

»Keine Panik, Burschen, ich dreh gleich was Neues auf. Wie wär's jetzt doch mit ein bisserl Opernmusik? Mozart? Verdi? Puccini? Worauf habt ihr Lust?«

Als er eine besonders gelungene *Aida*-Aufnahme einlegt, denkt der Herr Fesch immer noch darüber nach, was es mit Christian Hintergruber und dessen Beziehung zu seiner Familie auf sich hat. Und darüber, ob eine genauere Analyse dieser ihnen eventuell dabei hilft, den Mörder des jungen Mannes zu finden.

*

Mitten in der Nacht, der Friedrich träumt gerade von der Frau Doktor Weißinnger, die verführerisch lächelnd einen kapitalen Hecht gefangen hat, ist draußen auf der Sankt Lindenbaumer Hauptstraße plötzlich die Hölle los: aufheulende Motoren, quietschende Reifen und hämmernde Bässe.

Es dauert einen Moment, bis der Polizeibeamte aus seinem paradiesischen Traum gerissen wird, einen weiteren, bis er kapiert, was da los ist, und einen dritten, bis er sich seinen gestreiften Bademantel übergezogen hat und in die Patschen geschlüpft ist.

»Himmelherrschaftszeiten! Kann man nicht einmal in Sankt Lindenbaum mehr in Ruhe schlafen!«, schimpft er, als er zur Haustür läuft – soweit man in seinem tramhapperten Zustand und bei diesem Schuhwerk von Laufen sprechen kann.

Erneut donnert ein Fahrzeug viel zu schnell am Haus des Herrn Fesch vorbei, kurz darauf ein zweites, dessen Fahrer vom Christkind anscheinend einen neuen Kofferraum-Subwoofer bekommen hat.

»Nächtliche Ruhestörung, Geschwindigkeitsüberschreitung, Allgemeingefährdung, na wartet nur, euch zeig ich's!«, murmelt der Friedrich, bei dem in den letzten Wochen immer wieder Anzeigen wegen illegaler Autorennen eingetrudelt sind. Eigentlich hat er ja den Thomas damit beauftragt, sich die eine oder andere Nacht um die Ohren zu schlagen, um den wahnsinnigen Rasern auf die Schliche zu kommen, ihnen eine Falle zu stellen, aber immer, wenn der Thomas auf der Lauer liegt, ist alles ruhig. Als ob die Typen, die hier einen auf Formel-1-Fahrer machen, wüssten, wann es gefährlich für sie werden könnte.

Noch einmal heulen die Motoren auf, quietschen Reifen, dann ist es plötzlich still.

»Verdammt!«, entkommt es dem Friedrich. Schon als er die Haustür öffnet, weiß er, dass er sich den Gang in den nebelverhangenen Garten sparen kann. Das Rennen ist vorbei, die lebensmüden Speed- und Adrenalinjunkies haben das Weite gesucht.

»Zu spät … Aber irgendwann krieg ich euch, hoffentlich noch bevor etwas passiert.«

Kurz überlegt der Herr Fesch, ob es Sinn macht, den Thomas aus dem Bett zu läuten und auf Streife zu schicken, aber ein Blick auf die Uhr – es ist 1:35 – lässt ihn diesen Gedanken wieder verwerfen. Bis der junge Polizeibeamte einsatzbereit ist, haben die Möchtegernrennfahrer ihre Boliden längst wieder in ihren Garagen versteckt.

»Na dann, zurück ins Bett«, seufzt der Herr Fesch frustriert.

Als er unter seine mit rustikalem rot-weiß karierten Bettzeug überzogene Tuchent schlüpft, hofft der Friedrich inständig, dass er an der Stelle, an der die Frau Doktor Weißinnger ihn – den kapitalen Hecht in den Händen – anlächelt, weiterträumen wird, auch wenn er weiß, dass das leider ziemlich unwahrscheinlich ist. Und tatsächlich, den Rest der Nacht wird der Polizeibeamte von Werwolfsmasken tragenden Rasern und blutigen Handabdrücken verfolgt. Manchmal ist das Leben wirklich mehr als ungerecht.

Kapitel 9

»Gestern Abend hab ich mir noch die Homepage von den Hintergrubers angeschaut.«

»Wie bitte?!« Der Mörderisch bleibt fast das letzte Stückerl Extrawurstsemmel im Hals stecken, das sie gerade genüsslich gekaut hat. Rasch nimmt sie einen Schluck ihres doppelten Espressos, dann sagt sie ungläubig: »Ich wusste gar nicht, dass Sie einen Computer haben, Herr Fesch.«

Den Friedrich ärgert es ein bisschen, dass die Kriminalbeamtin glaubt, er wäre komplett auf der Nudelsuppen dahergeschwommen, nur, weil er nicht so elektronikaffin ist wie die meisten anderen Leute heutzutage, dennoch versucht er, sich seinen Unmut nicht anmerken zu lassen. »Ich hab mein Handy benutzt – wozu hab ich mir denn so ein sündteures Smartdings besorgt. Also, die Homepage, die ist wirklich beeindruckend, topmodern, beinahe künstlerisch wertvoll, möchte man sagen. Aber eines ist seltsam.«

Der Polizeibeamte legt eine kleine Pause ein, um die Dramatik ein wenig zu steigern. Natürlich macht ihm die Mörderisch, die beinahe andächtig ein Kipferl mit Marillenmarmelade bestreicht, nicht den Gefallen, neugierig nachzufragen, also erklärt er irgendwann von selbst: »Die gesamte Hintergruber-Sippe ist auf der Homepage zu finden – inklusive aller Nichten und Neffen – nur einer fehlt komplett.«

»Lassen Sie mich raten, unser Mordopfer«, folgert die Kriminalbeamtin trocken.

»Hundert Punkte. Nicht die geringste Spur von Christian

Hintergruber. Entweder wollte er nicht, dass ihn seine Eltern mit auf die Homepage packen, oder er ist bei seiner Familie in Ungnade gefallen. Eine Facebook-Seite voller Fotos von sich hat er nämlich, also ist er keiner dieser Leute, die einfach nicht im Internet sein wollen. Das hab ich auch schon ...«, der Friedrich macht erneut eine kleine Pause, dann benutzt er eines der Mörderischen Lieblingswörter, »... gecheckt.«

Die Michi Mörderisch beißt von ihrem Marillenmarmeladen-Kipferl ab, schließt kurz verzückt die Augen und fragt dann erstaunt: »In Ungnade gefallen? Wie kommen Sie denn darauf?«

Also erzählt ihr der Herr Fesch alles, was er über das Weingut und die Familiengeschichte der Hintergrubers weiß.

»Und Sie glauben wirklich, dass ein Archäologiestudium für die Hintergrubers Grund genug ist, um aus dem Kreis der Familie verstoßen zu werden? Das kann ich mir beim besten Willen nicht vorstellen.« Ungläubig schüttelt die Kriminalbeamtin den Kopf.

Wieder einmal sieht der Friedrich seinen Vater, der entsetzt ist, dass sein Bub sich für ein brotloses Künstlerleben entschieden hat, vor sich. Was wäre passiert, wenn er sich nicht dessen Willen gebeugt und auf Polizist umgesattelt hätte? Wie hätte sein alter Herr reagiert, wenn er wirklich nach Wien gegangen wäre, um Operngesang zu studieren? Hätte er den Kontakt zu seinem einzigen Sohn abgebrochen? Für ausgeschlossen hält der Friedrich diese Möglichkeit nicht.

»Davon verstehen Sie nichts!«, entfährt es ihm grantig, was ihm augenblicklich leidtut. Unglaublich, wie tief der Frust, was diese Sache angeht, bei ihm immer noch sitzt. Das Ganze ist mittlerweile Jahrzehnte her, sein Vater lebt schon lange nicht mehr, und dennoch bereut der Friedrich bis heute, dass er damals nicht seinem Herzen gefolgt ist, sondern die Vernunft hat walten lassen. Nicht, dass er seinen Beruf als Polizeibeamter nicht zu schätzen weiß, ganz im Gegenteil, er könnte sich ein Leben ohne diesen nicht vorstellen, aber dennoch bleibt sie auf ewig unbeantwortet: diese Frage, ob er es geschafft hätte. Ob er zum Studium zugelassen worden wäre, ob er es durchgezogen hätte, ob er mit seinem beeindruckenden Bass die großen Rollen der Operngeschichte gesungen hätte: den Sarastro aus der Zauberflöte, den …

»Erde an Fesch! Hören Sie mir überhaupt noch zu, Herr Kollege?!«, reißt die genervte Stimme der Mörderisch den Polizeibeamten aus seinen Gedanken.

»Wie bitte?!«, entgegnet er ertappt.

»Ach, vergessen Sie's einfach! Wir kümmern uns jetzt darum, dass die Werwolfsmaske und die Blutspuren, die wir darauf gefunden haben, im Labor untersucht werden, dann widmen wir uns noch mal dem Herrn Donnersbach und auch der Familie Hintergruber. Außerdem sollten wir diese zwei als Zombies verkleideten Studienkollegen des Verstorbenen ausfindig machen und uns mit ihnen unterhalten. Einerseits können sie uns vielleicht Genaueres über die ominöse Schlägerei und alles, was davor und danach passiert ist, erzählen, andererseits helfen sie uns hoffentlich dabei, ein exakteres Bild von unserem Mordopfer zu bekommen. Irgendjemandem muss er doch auf den Schlips getreten sein, um so zu enden – mit einem Bauchstich und gebrochenem Genick.«

»Oder aber, er war einfach zur falschen Zeit am falschen Ort und hat dabei dummerweise auch noch die falsche Latexmaske getragen«, erwidert der Friedrich nüchtern.

Die Kriminalbeamtin steckt sich das letzte Zipferl ihres Kipferls in den Mund. »Tja, das herauszufinden, liegt alleine an uns, Herr Fesch. Ich trinke noch rasch einen Kaffee, und dann geht's los, in Ordnung?«

»Ganz, wie Sie meinen, Frau Kollegin, ganz, wie Sie meinen.«

*

»Wie geht's Ihnen heute, Herr Donnersbach, ich hoffe, es ist in Ordnung für Sie, dass wir Ihnen noch ein paar Fragen stellen«, fackelt die Mörderisch nicht lange.

Ludwig Donnersbach alias Thunder sieht zwar um eine Spur besser aus als am Vortag, von fit kann jedoch noch lange keine Rede sein. Eine äußerst heftige Prügelei muss es gewesen sein, in die er da geraten ist.

»Wie soll's mir schon gehen, mein bester Freund ist tot. Beschissen geht's mir, wenn Sie's genau wissen wollen«, antwortet er bitter.

Der Friedrich versucht, seine Chance zu nutzen: »Ihr Verlust tut uns ehrlich leid, Herr Donnersbach, aber eben genau, weil Christian Hintergruber nicht mehr unter uns weilt, bitten wir Sie, uns zu helfen. Sie wollen doch sicher auch nicht, dass die Person, die ihm das angetan hat, ungestraft davonkommt.«

»Natürlich«, entgegnet Ludwig Donnersbach heiser. »Sie haben ja recht. Es bringt nichts, den Kopf in den Sand zu stecken. Aber wissen Sie, dieses Gefühl, eventuell an der Sache schuld zu sein, das macht mich fertig.«

Die Mörderisch und der Fesch schauen einander verblüfft an.

»Schuld zu sein? Wie meinen Sie das, Herr Donnersbach?«, hakt die Kriminalbeamtin schließlich interessiert nach.

»Na ja, der Typ, der mich zusammengeschlagen hat, hat doch die gleiche Maske getragen wie der Christian. Ich frag mich schon die ganze Zeit, ob sich vielleicht irgendjemand an diesem Kerl rächen wollte und stattdessen den Christian erwischt hat.«

»Wer genau, außer Sie selbst, hätte sich denn bitte an diesem Typen rächen wollen?!«, entfährt es der Mörderisch.

»Wissen Sie etwa doch, wer Sie angegriffen hat?«, setzt der Friedrich nach.

»Nein, natürlich nicht«, rudert Ludwig Donnersbach zurück. »Ach, keine Ahnung, diese Schmerzmittel vernebeln mir komplett das Gehirn. Da kommt man wahrscheinlich auf dumme Gedanken.«

Einen Moment überlegt der Herr Fesch, ob er weiterbohren soll, entschließt sich dann aber dazu, das Gespräch in eine andere Richtung zu lenken. »Herr Donnersbach, Christian Hintergruber war ja Ihr bester Freund, also haben Sie ihn wahrscheinlich ziemlich gut gekannt.«

Ein stummes Nicken ist die Antwort.

»Gut, dann können Sie uns doch sicher auch sagen, ob er Feinde hatte?«

»Wobei Feinde vielleicht ein zu starkes Wort ist«, mischt sich die Michi Mörderisch ein, »es reicht auch, wenn Sie uns die Namen der Leute nennen, die ihn einfach nicht besonders leiden konnten. Hat er mit jemandem Streit gehabt? Ist er irgendjemandem auf die Zehen gestiegen?«

»Hat er jemandem die Freundin ausgespannt? War er einer seiner Flammen untreu? Hatte er bei irgendjemandem Schulden? Hat er eventuell Drogen genommen und ist deshalb in Schwierigkeiten geraten?«, übernimmt der Friedrich nun wieder.

»Also, Feinde hatte er mit Sicherheit keine, und Drogen genommen hat er auch nicht. Er hat ja nicht einmal geraucht und nur wenig Alkohol getrunken. Eigentlich hat jeder den Christian gerngehabt. Er war eine Frohnatur, immer gut gelaunt, für jeden Blödsinn zu haben, extrem begeisterungsfähig und leidenschaftlich, vor allem, was die Archäologie anging … und die Frauen natürlich.« Tränen steigen Ludwig Donnersbach in die Augen.

»Wir wissen ja mittlerweile, dass er die Party im Gemeindesaal genutzt hat, um mit Jessy Zenzinger anzubandeln«, geht die Mörderisch näher auf das Kapitel Frauen ein, »und mit ihr den Abend, na ja, sagen wir einmal, zu genießen. Ist es möglich, dass er damit einen Fehler begangen hat? Gibt es eventuell eine eifersüchtige Freundin, von der wir wissen sollten, oder haben Sie mitbekommen, dass noch ein anderer Interesse an Fräulein Zenzinger gezeigt hätte?«

Ein Lächeln huscht über Ludwig Donnersbachs Gesicht, bevor sich dessen Ausdruck wieder verdüstert. »Der Christian hat eigentlich von unserer gemeinsamen Schulzeit an immer irgendeine Freundin gehabt. Eine Zeit lang hat er sie gewechselt wie andere Leute die Unterhosen. Aber die letzte, mit der er fix zusammen war, die ist eine gewesen, mit der er es wirklich ernst gemeint hat. Die beiden haben sich sogar miteinander verlobt. Dagegen hat aber ihre Familie, lauter erfolgreiche Unternehmer, Anwälte und Ärzte, etwas gehabt. Ein mittelloser Archäologiestudent als potenzieller Schwiegersohn – das hat ihnen anscheinend nicht besonders getaugt, und das haben sie ihn auch spüren lassen. Die Situation ist dem Christian echt an die Nieren gegangen – seine Verlobte, sie hat sich für ihn geschämt, vor ihrer Familie nicht wirklich zu ihm bekannt, ihn nicht in dem Ausmaß verteidigt, das er erwartet hätte. Er hat sich dann nach der Hochzeit ihrer Kusine, auf der es ganz blöd für den Christian gelaufen ist – irgendein Eklat beim Brautverzahn, der das Fass zum Überlaufen gebracht hat –, von ihr getrennt. Nach der Trennung war er dann nach außen hin wieder der Alte: ein Schürzenjäger, wie er im Buche steht. Dass in seinem Inneren etwas für immer zerbrochen ist, das hat er niemandem anvertraut, nicht einmal mir, aber ich hab's gemerkt. Der Christian, er war wie ein Bruder für mich, und einem Bruder kann man nichts vormachen.«

Mittlerweile sind Ludwig Donnersbachs Wangen klitschnass.

»Ach ja, und was dieses hübsche Mädel angeht, mit dem er während der Halloweenparty herumgeknutscht hat: Ich hätte nicht bemerkt, dass das irgendjemanden gestört hätte. Anscheinend war sie alleine da und genau wie der Christian auf der Suche nach ein wenig unverbindlichem Spaß. Ärger hat's auf alle Fälle deshalb keinen gegeben.«

»Können Sie uns den Namen der Ex-Verlobten Ihres Freundes nennen, Herr Donnersbach?«, kommt die Mörderisch noch einmal auf das kurz zuvor Erfahrene zurück, ohne auf die letzten Bemerkungen bezüglich der Zenzinger Jessy einzugehen.

Ludwig Donnersbach ist deutlich anzusehen, dass er ehrlich überlegt. »Es tut mir leid, aber mir fällt gerade nur ein, dass er sie immer Kitty genannt hat. Ich glaube, die Gehirnerschütterung ist nicht ganz spurlos an mir vorübergegangen«, seufzt er schließlich. »Aber sobald mir der Name einfällt, melde ich mich bei Ihnen, in Ordnung?«

»Das wäre großartig, vielen Dank.«

Dem Friedrich wird bewusst, dass er noch gar nicht nach dem gefragt hat, was ihn eigentlich so brennend interessiert, also sagt er: »Eine Frage hätte ich noch, Herr Donnersbach. Wissen Sie, wie Christian Hintergrubers Verhältnis zu seinen Eltern gewesen ist? Ich hab mir die Homepage des Weinguts angeschaut und kein einziges Bild Ihres Freundes darauf gefunden. Dabei wimmelt es dort nur so von kitschigen Familienfotos. Aber der Christian, der ist auf keinem dieser Bilder zu sehen.«

Ein bitteres Lachen entfährt Ludwig Donnersbach, bevor er antwortet. »Na, was glauben Sie, warum ihm die Sache mit der Familie seiner Verlobten so fertiggemacht hat? Als sie sich verlobt haben, hat er gehofft, in den Kreis ihrer Familie aufgenommen zu werden, weil er zu seiner eigenen schon seit Jahren kaum mehr Kontakt gehabt hat. Nur mit seiner Mutter hat er regelmäßig telefoniert. Ich weiß zwar, dass ihm sein Vater das Studium finanziert hat, aber ansonsten hat er keinen gesteigerten Wert auf die Gesellschaft seines einzigen Sohnes gelegt. Traurig, aber wahr.«

Der Friedrich, der den Kilian Hintergruber zwar nur oberflächlich kennt, aber bis jetzt eigentlich einen recht positiven Eindruck von ihm gehabt hat, hakt gespannt nach: »Was ist denn zwischen den beiden vorgefallen, dass es so weit gekommen ist?«

Ein Schulterzucken ist die Antwort.

»Keine Ahnung. Das war das Einzige, worüber der Christian nie mit mir gesprochen hat. Ich glaube, jedes andere seiner Geheimnisse hab ich gekannt, aber über das, was die Beziehung zu seinem Vater so zerstört hat, hat er mir nie etwas erzählt.«

Kapitel 10

Die Novembersonne taucht die spätherbstliche Landschaft in schwaches Licht, als die Mörderisch und der Fesch im schnellen Wagen Ersterer den Heimweg antreten.

»Verflixt, jetzt weiß ich, was ich den Donnersbach unbedingt noch fragen wollte!« Die Kriminalbeamtin schlägt sich mit der rechten Hand auf die Stirn, was ihrem Kollegen ob der momentan hohen Geschwindigkeit des Autos etwas Bauchweh bereitet.

Da er aber nicht möchte, dass die Mörderisch ihn für einen Angsthasen hält, verkneift er sich das »Geh, könnten Sie bitte beide Hände auf dem Lenkrad lassen, ich möcht gern noch ein bisserl länger leben!«, das ihm auf der Zunge liegt, und sagt stattdessen: »Tja, Frau Kollegin, Sie werden halt auch langsam alt.«

Wie erwartet, ignoriert die Kriminalbeamtin den Kommentar des Herrn Fesch geflissentlich und meint stattdessen: »Ich wollte ihm auf den Zahn fühlen, was die Beziehung zwischen ihm und dieser Angelika Mitterbacher angeht. Entweder hat er nebenbei noch etwas mit einer anderen am Laufen, oder sie macht zumindest einem zweiten Kerl schöne Augen. Ansonsten macht das einfach keinen Sinn. Dieses *Die spannst du mir nicht auch noch aus!*, das der Werwolf Ludwig Donnersbach an den Kopf geworfen hat, bevor er ihn verprügelt hat, lässt doch ganz deutlich darauf schließen, dass die beiden Männer hinter der selben Frau her waren. Das war also entweder Angelika Mitterbacher, die zweigleisig fährt, oder eine ominöse zweite Dame, von der wir bis jetzt nichts wissen. Mann, ärgert mich das! Ich hätt ihn echt danach fragen sollen!«

»Also, die Angelika Mitterbacher, die ist bestimmt nicht der Typ Frau, der zweigleisig fährt!«, verteidigt der Friedrich aufgebracht die Ehre der Tochter seines Chorleiters.

»Ach, und wieso nicht?«, will die Mörderisch wissen.

»Na ja, ein anständiges Sankt Lindenbaumer Mädel wie sie, das macht so etwas nicht«, entkommt es dem Polizeiinspektor rascher, als ihm lieb ist.

Ein süffisantes Grinsen seiner Kollegin aus der großen Stadt ist die Folge. »Oh, entschuldigen Sie bitte, ich hab ganz vergessen, dass hier in der Idylle nur anständige junge Mädchen leben, die sehnsüchtig darauf warten, den Sankt Lindenbaumer Mann fürs Leben zu finden, ihn zu heiraten, eine ganze Fußballmannschaft an Kindern von ihm zu bekommen und für ihn zu putzen, zu backen und zu kochen, bis dass der Tod die beiden scheidet«, lautet schließlich ihre vor Zynismus triefende Antwort.

Der Friedrich seufzt.

»Nur zu, ich hab's nicht anders verdient. Nennen Sie mich ruhig altmodisch, aber ich bin mir sicher, dass die Angelika Mitterbacher noch eines dieser anständigen Mädchen ist. Damit mein ich jetzt nicht das mit dem Kochen und Backen, aber ich glaub einfach nicht, dass sie eine ist, die fremdgeht. Schon alleine deshalb nicht, weil ihre Eltern ihr ganz was anderes vorleben. Die sind eines dieser wenigen wirklich glücklichen Paare, bei denen Eifersucht und Seitensprünge absolut kein Thema sind. Glauben Sie mir das ruhig, ich kenn die beiden ziemlich gut.«

Einen Moment lang sieht der Friedrich seine Exfrau vor sich, und es wird ihm bewusst, dass er vor ihrem Techtelmechtel mit dem Toni für sie und für sich selbst auch die Hand ins Feuer gelegt hätte, aber er verdrängt den Gedanken rasch wieder. Seine privaten Fehleinschätzungen in dieser Hinsicht tun jetzt wirklich nichts zur Sache.

Die Michi Mörderisch schluckt einen weiteren sarkastischen Kommentar, der ihr brennend auf der Zunge liegt, hinunter und sagt, um den Frieden zu wahren: »Na gut, dann gehen wir also einmal davon aus, dass die Angelika Mitterbacher ihrem Ludwig treu ergeben ist. Das lässt dann aber nur den Schluss zu, dass Ludwig Donnersbach auch einer anderen Frau schöne Augen gemacht hat, wieso wäre der als Werwolf verkleidete Kerl sonst eifersüchtig auf ihn gewesen? Ich weiß zwar, dass die Ermittlungen im Fall Christian Hintergruber momentan Vorrang haben, aber es wäre trotzdem wichtig gewesen, dem Liebesleben des Herrn Donnersbach auf den Grund zu gehen. Wenn Christian Hintergruber Opfer einer tödlichen Verwechslung geworden ist, hängt beides zusammen. So ein Schmarren, ich könnt mich in den Hintern beißen, weil ich nicht daran gedacht habe, Herrn Donnersbach diesbezüglich auf den Zahn zu fühlen.«

»Ah gehn S', was kann denn Ihr Hintern dafür«, beschwichtigt der Herr Fesch seine Kollegin. »Wissen Sie, was, wir werden einfach der Angelika Mitterbacher einen Besuch abstatten. Und morgen schauen wir dann wieder ins Spital. Wenn der Herr Donnersbach dann nicht schon nach Hause darf.«

»In Ordnung, für die Hintergrubers müssen wir uns aber auch noch Zeit nehmen, und die beiden Studienkollegen unseres Mordopfers, die sollten wir ebenfalls ausfindig machen. Blöd, dass uns bis jetzt niemand sagen konnte, wie die beiden, die während der Schlägerei dazwischengegangen sind, heißen. Wie auch immer, wir haben auf alle Fälle keine Zeit zu verlieren.«

Um ihrer letzten Aussage Nachdruck zu verleihen, beschleunigt die Kriminalbeamtin kurz vor dem Ortsschild *Sankt Lindenbaum*, anstatt, wie es der Friedrich gemacht hätte, ein wenig runterzubremsen. Verzweifelt krallt sich der Herr Fesch am Haltegriff über dem Beifahrersitz fest, dann meint er dennoch so ruhig wie möglich: »Gut, also als Erstes auf nach Unterlindenbaum zur Familie Hintergruber und dann schauen wir weiter.«

Die Mörderisch kurvt zügig durch den kleinen Ort, am Häuschen des Friedrichs vorbei, als dieser plötzlich in der immer noch schwachen Novembersonne etwas am Straßenrand glitzern sieht.

»Halt!«, plärrt er so laut, dass die Kriminalbeamtin augenblicklich das Bremspedal bis zum Anschlag durchdrückt, was zu einer unsanften Begegnung der beiden Wageninsassen mit dessen Armaturenbrett führt.

»Verflucht, warum erschrecken Sie mich so!«, schreit die Mörderisch zurück, doch der Herr Fesch hört sie längst nicht mehr, weil er bereits flink wie ein Wiesel aus dem Auto gesprungen ist. Sich ein Paar Gummihandschuhe überziehend, eilt er auf das in der Sonne glänzende Objekt zu, das seine Kollegin nun auch entdeckt. Es triumphierend hin und her schwenkend, kehrt der Sankt Lindenbaumer Polizeiinspektor wenig später zum Mörderischen Wagen zurück.

»Was ist denn das?«, fragt die Kriminalbeamtin gespannt.

»Eine Auspuff-Zierblende«, erwidert der Friedrich zufrieden. Dann murmelt er voller Genugtuung: »Ich hab doch gesagt, dass ich euch irgendwann kriege.«

Auch wenn die Michi Mörderisch nicht die geringste Ahnung hat, wovon ihr Kollege, der die Auspuffblende beinahe verliebt in seinen Händen dreht, da eigentlich spricht, sagt sie nichts, um ihm diesen Moment des Triumphes nicht zu zerstören. Stattdessen nimmt sie die Fahrt nach Unterlindenbaum wieder auf, in der Hoffnung, dort endlich mehr über Christian Hintergruber und dessen verschrobenes Verhältnis zu seiner Familie zu erfahren.

*

»Ist das denn wirklich nötig, Herr Inspektor? Sie sehen doch, dass es meiner Frau nicht gut geht.«

Allerdings, Frau Hintergruber steht die Trauer tatsächlich mehr als deutlich ins Gesicht geschrieben, etwas, das man von ihrem Mann nicht gerade behaupten kann. Gefühlskalt ist das Erste, was dem Friedrich beim Anblick des Vaters ihres Toten einfällt, aber er möchte ihm natürlich nicht unrecht tun. Jeder Mensch geht wohl anders mit einem Verlust wie diesem um, da gibt es kein Richtig oder Falsch, kein Passend oder Unpassend, eventuell ist Verdrängung das Mittel, das Kilian Hintergruber wählt, um mit dieser schrecklichen Situation zurechtzukommen.

»Zuallererst mein herzliches Beileid zu Ihrem Verlust, Herr Hintergruber. Unglücklicherweise können wir Ihnen und Ihrer Frau dieses Gespräch nicht ersparen«, übernimmt die Michi Mörderisch das Antworten. »Sie wollen doch sicher auch, dass wir so rasch wie möglich die Person finden, die Ihrem Sohn das angetan hat. Damit uns das gelingt, müssen wir jedoch mehr über Christian, seine Lebensumstände und -gewohnheiten, seinen Freundeskreis, seine Vorlieben und Eigenheiten erfahren. Ich hoffe, Sie verstehen das.«

»Natürlich«, ist alles, was Kilian Hintergruber trocken erwidert, bevor er die beiden Polizeiinspektoren weiter ins Wohnzimmer des modern-eleganten Weingutes führt.

»Kann ich Ihnen irgendetwas anbieten?«, ringt er sich kurz darauf wenig freundlich zu einem Akt der Höflichkeit durch, den weder die Mörderisch noch der Fesch an dieser Stelle erwartet hätten.

»Danke nein«, antwortet der Friedrich rasch, die Bedürfnisse seiner Kollegin beinhart ignorierend. So, wie er die Kriminalbeamtin mittlerweile kennengelernt hat, hat sie immer Hunger oder zumindest Appetit oder Gusto auf irgendetwas, aber ein gemütliches Kaffeepläuschchen aus dieser Unterhaltung zu machen, würde sich für den Herrn Fesch nicht richtig anfühlen.

Dass er ihr gedanklich unrecht getan hat, beweist die Inspektorin ihrem Kollegen sogleich. »Lassen Sie uns doch bitte sofort zur Sache kommen«, steigt sie voll ins Gespräch ein. »Was mich brennend interessiert, wäre, ob Ihr Sohn noch bei Ihnen gewohnt hat. Gibt es ein Kinderzimmer, das wir uns ansehen könnten? Das uns vielleicht in unseren Ermittlungen weiterbringt?«

Gespannt sieht die Kriminalbeamtin, die die Antwort auf diese Frage ja eigentlich schon kennt, Herrn Hintergruber an. Dessen Gesichtsausdruck bleibt hart und unfreundlich. Nicht er ist es, der schließlich reagiert, sondern seine verzweifelt schluchzende Frau. Mit tränenerstickter Stimme erklärt sie: »Nein, leider, es gibt kein Kinderzimmer mehr, das wir Ihnen zeigen könnten. Kein Zimmer, das mir den Abschied erleichtern würde. Seit der Christian sein Archäologiestudium begonnen hat, wohnt er nicht mehr bei uns. Also schon fünf Jahre lang. Wissen Sie, ich hab ihn auch in den letzten Jahren schrecklich vermisst, aber jetzt, jetzt weiß ich, dass er mit Sicherheit nie wieder zurückkommt. Jetzt gibt es keine Möglichkeit mehr, alles zu kitten, wieder eine richtige Familie zu werden. Jetzt, jetzt ist es endgültig vorbei, alles vorbei.«

Die letzten Worte sind kaum zu verstehen, da ein Weinkrampf die sympathische Frau beutelt. Weder dem Friedrich noch der Mörderisch entgeht der giftige Blick, den ihr Mann ihr zuwirft. Anstatt seine Frau zu trösten, meint er nun abfällig: »Bitte, nehmen Sie meine Gattin nicht ernst! Sie ist völlig hinüber. Die Beruhigungsmittel, die ihr der Arzt verschrieben hat, tun ihr Übriges dazu. Ich glaube nicht, dass Helene momentan in der Lage ist, auch nur einen klaren Gedanken zu fassen.«

»Mich würde trotzdem interessieren, wie Ihre Frau das gemeint hat, Herr Hintergruber«, hakt die Kriminalbeamtin unbeeindruckt nach. »Frau Hintergruber, haben Sie Ihren Sohn in den letzten Jahren etwa nicht oft zu Gesicht bekommen? Wo hat er gewohnt, und warum ist er nur selten nach Unterlindenbaum gekommen?«

Helene Hintergruber wischt sich mit einem Taschentuch die Tränen von den Wangen. »Christian hat in einer WG gewohnt, unweit der Uni. Er wollte sich die lästige Pendlerei ersparen. Warum er uns so selten besucht hat, das kann ich Ihnen leider nicht sagen. Fragen Sie doch meinen Ehemann, der weiß wahrscheinlich mehr darüber. Schließlich war er es, der unseren Sohn vergrault hat.«

»Vergrault?! So ein Blödsinn!«, entfährt es Kilian Hintergruber impulsiv. »Gut, ich hab nicht begeistert applaudiert, als der Christian uns erzählt hat, dass er Archäologe werden will und nicht plant, den Familienbetrieb zu übernehmen, aber deshalb hab ich ihn doch noch lange nicht vergrault! Außerdem hab ich ihm das Studium trotz meiner Vorbehalte finanziert, ich denke also nicht, dass er einen Grund gehabt hat, sich über mich zu beschweren!«

»Dass du ihn studieren hast lassen, wundert mich bis heute«, schießt Helene Hintergruber zurück, »dass der Christian nicht mehr vorbeischauen wollte, aber gar nicht! Du hast ihn doch ständig behandelt wie den letzten Dreck! Ihn spüren lassen, dass er bei dir in Ungnade gefallen ist! An seiner Stelle wär ich auch nicht mehr nach Hause gekommen!«

Die Mörderisch und der Fesch schauen einander an. Beide sind unangenehm berührt, weil sie Zeugen dieses heftigen Ehestreits werden. Nach einem liebenden Paar, das gemeinsam versucht, einen schrecklichen Verlust zu bewältigen, sieht das auf den ersten Blick wirklich nicht aus. Aber der Friedrich muss sich eingestehen, dass er zu wenig über das Thema Trauerbewältigung weiß, um ein verlässliches, faires Urteil abzugeben. Eines lässt ihn aber auf alle Fälle nicht aus, dieses Gefühl, dass da mehr dahintersteckt als ein Archäologiestudium. Zwischen den beiden Hintergruber-Männern muss etwas Schlimmes vorgefallen sein, das meint zumindest das Fesche Bauchgefühl. Etwas Skandalöses, das es dennoch nicht bis an die Ohren der Martha Tupfinger geschafft hat, die natürlich auch über die Grenzen von Sankt Lindenbaum hinaus immer bestens informiert ist, was Familiendramen und andere Ungeheuerlichkeiten angeht.

»Lassen Sie uns auf Christians Wohnsituation zurückkommen. Mit wem hat er denn in einer WG gelebt, Herr Hintergruber?«, versucht die Mörderisch, das Gespräch in eine andere Richtung zu lenken.

Ein Schulterzucken ist die Antwort.

»Mit zwei seiner Studienkollegen, dem Florentin und dem Oliver. Wenn Sie die Nachnamen brauchen, müssen Sie mir ein bisschen Zeit geben. Irgendwann hat er mir die sicher geschrieben«, flüstert Helene Hintergruber, die aussieht, als wäre ihr die gesamte wütende Energie, die sie eben noch durchflossen hat, mit einem Mal entwichen.

Wieder blicken der Friedrich und die Mörderisch einander an. Beide denken sie das Gleiche. Ob es sich beim Florentin und dem Oliver um die beiden als Zombies verkleideten Studienkollegen des Mordopfers handelt, die bei der Halloweenparty im Gemeindesaal die zwei Kampfhähne voneinander getrennt haben?

»Wussten Sie eigentlich, dass Ihr Sohn an der Sankt Lindenbaumer Halloweenparty teilgenommen hat?«, spricht die Michi Mörderisch den Gedanken aus, der dem Friedrich als Nächstes kommt.

»Nein, natürlich nicht«, entgegnet Kilian Hintergruber harsch. »Wie Sie mittlerweile vielleicht mitbekommen haben, wusste ich zuletzt überhaupt nichts mehr über meinen Sohn.«

Täuscht der Friedrich sich, oder hört er zum ersten Mal echte Trauer aus der Stimme des Winzers?

Die Mutter des Toten räuspert sich und murmelt dann: »Ich schon. Er hat sich bei mir gemeldet und gemeint, dass er Halloween in Sankt Lindenbaum verbringen wird, weil Ludwig Donnersbach, ein alter Schulfreund, ihn zu einem verlängerten Wochenende in der Heimat eingeladen hat. Wir haben ein Treffen für den Allerseelentag ausgemacht.«

»Hinter meinem Rücken?!« Die Trauer ist aus Kilian Hintergrubers Stimme verschwunden.

»Ja, hinter deinem Rücken.« Auch Helene Hintergruber hat ihre Energie wiedergefunden. »Du glaubst doch nicht wirklich, dass ich mich je an dein Verbot, meinen eigenen Sohn zu treffen, gehalten habe?!«

»Sie haben Ihrer Frau verboten, Ihren Sohn zu treffen?!«, platzt es ungläubig aus der Michi Mörderisch heraus.

Kopfschüttelnd ergänzt der Friedrich: »Und das alles nur, weil er Archäologie studiert hat? Das ist doch absurd.«

»Das geht Sie überhaupt nichts an«, verliert Kilian Hintergruber nun endgültig die Nerven, »mein Familienleben ist meine Privatsache!«

Die Kriminalbeamtin versucht gar nicht mehr, sich nobel zurückzuhalten. Eiskalt zischt sie: »Nicht, wenn Ihr Sohn Opfer eines Gewaltverbrechens wurde, Herr Hintergruber, dann nicht!«

Kapitel 11

»Grüß Gott, Herr Inspektor. Was darf's denn sein?« Die fesche Bedienung im traditionellen Dirndl lächelt den Friedrich strahlend an. Der hat zwar ein bisserl ein schlechtes Gewissen, weil er die Michi Mörderisch gleich hier, in Unterlindenbaum, also praktisch bei der Konkurrenz, zum Essen einlädt, aber nach dem Gespräch mit den Hintergrubers brauchen sie beide eine gescheite Unterlage. Wer weiß, was sie im Laufe des Tages noch alles an Ungeheuerlichkeiten verdauen müssen.

»Also, ich hätt fürs Erste gern ein großes Obi g'spritzt und Sie, Frau Kollegin?«

»Für mich ein großes Soda Zitron', bitte. Und dann hätt ich gern eine Leberknödelsuppe und den Hirschbraten mit Rotkraut, Knödeln und einem gemischten Salat.«

Dem Herrn Fesch kommt ein Grinsen aus. Das ist es also, was die Kriminalbeamtin, die anfangs äußerst zögerlich auf seine Essenseinladung reagiert hat, für einen leichten Mittagssnack hält? Kein Problem, da kann er locker mithalten.

»Ich nehm eine Knoblauchcremesuppe und das Cordon bleu mit Petersilkartoffeln.«

»Einen Salat dazu?«, fragt die sympathische Kellnerin nach.

»Danke nein, nicht nötig«, winkt der Friedrich ab.

Als er und die Mörderisch wieder alleine sind, flüstert er schließlich: »Ich hab zwar selber keine Kinder, aber eines ist für mich sonnenklar. Zwischen dem Hintergruber junior und dem Hintergruber senior muss mehr vorgefallen sein als ein Studium, das dem Herrn Papa gegen den Strich gegangen ist.

Was der Kilian vorhin geliefert hat, das war schon seltsam, finden Sie nicht auch? Tragischer Verlust hin oder her, so benimmt man sich in so einer Situation doch nicht, oder etwa schon?«

Die Mörderisch zuckt mit den Schultern. »Ich kann mir durchaus vorstellen, dass der Verlust des eigenen Kindes einen komplett durchdrehen lässt, aber der Herr Hintergruber, der hat für mich eigentlich ganz klar gewirkt. Weniger psychisch mitgenommen als passiv-aggressiv. Aber ich bin keine Psychologin, und Kinder hab ich auch keine. Mich hat vor allem schockiert, wie er mit seiner Frau umgegangen ist. So gefühlskalt. Ich bin also voll bei Ihnen, Herr Kollege, ich glaub auch, dass die Hintergrubers uns etwas verheimlichen.«

»*Die* Hintergrubers?«, hakt der Friedrich zögerlich nach.

Die Kriminalbeamtin überlegt einen Moment, dann ergänzt sie: »Eventuell auch nur Kilian Hintergruber. Gut möglich, dass seine Frau wirklich nicht weiß, was zu dem extremen Bruch zwischen ihrem Sohn und seinem Vater geführt hat. Mich wundert nur, dass sie ihrem Mann nicht so lange auf die Nerven gegangen ist, bis sie es erfahren hat. Ich würd da keine Ruhe geben, mich nicht einfach mit irgendwelchen fadenscheinigen Ausreden abspeisen lassen.«

»Was mich wundert, ist, dass die Hintergrubers es geschafft haben, dieses Familienproblem komplett unter den Tisch zu kehren. Erfolgreich den schönen Schein zu wahren.« Der Friedrich fährt sich über seinen Schnauzer und rückt dann seine Nickelbrille zurecht. »Etwas so Skandalöses wie einen verstoßenen Sohn vor dem Unterlindenbaumer und Sankt Lindenbaumer Tratsch-Netzwerk dauerhaft geheim zu halten, das ist schon eine Leistung.«

»Sind Sie sicher, dass keiner von der Sache gewusst hat?« Skeptisch zieht die Michi Mörderisch die Augenbrauen in die Höhe.

»Ich sag nur Martha Tupfinger«, lautet die trockene Antwort

des Sankt Lindenbaumer Polizeiinspektors, »die ist die zuverlässigste Quelle aller gesellschaftlich relevanten Halbwahrheiten hier in unserer Gegend, und glauben Sie mir, ich hab noch nie gehört, dass die Gute den Namen Hintergruber auch nur in den Mund genommen hätte. Was darauf hindeutet, dass die Familie bis jetzt einen tadellosen Ruf gehabt hat.«

»Sieht also nach einem gut gehüteten Familiengeheimnis aus«, murmelt die Mörderisch, während ihr Magen lautstark knurrt. »'Tschuldigung, ich hätt vielleicht doch ausgiebiger frühstücken sollen.« Der Friedrich denkt gerade darüber nach, ob die Kriminalbeamtin außer der Extrawurstsemmel und dem Marillenmarmeladenkipferl etwas gefrühstückt hat und ob beides nicht eigentlich reichen würde, um es als ausgiebiges Frühstück zu bezeichnen, als die nette Bedienung ihn zurück ins Hier und Jetzt holt.

»So, einmal ein großes Soda Zitron' für die Dame und das Obi g'spritzt für den Herrn Inspektor. Die Suppen bring ich gleich.«

Sie dreht sich gerade am Absatz um, als der Herr Fesch einem unwillkürlichen Impuls nachgibt. »Sag einmal, Resi, du musst doch zirka im Alter vom Hintergruber Christian sein, oder?«

»Ja, wir sind miteinander in die Hauptschule gegangen«, erwidert die junge Kellnerin erstaunt. »Arg ist das mit seinem tödlichen Unfall.«

Die Mörderisch und der Fesch tauschen wieder einmal überraschte Blicke.

»Ich frag mich ja nur, womit er sich so arg geschnitten hat, dass er das Bewusstsein verloren hat, über das Geländer der Sankt Lindenbaumer Promenade gestürzt ist«, plappert Resi weiter, »und sich dabei das Genick gebrochen hat. Seine Eltern tun mir auf alle Fälle leid. Die Frau Hintergruber, die ist wirklich eine nette Frau. Ganz hat sie's ja nie verwunden, dass der Christian sich plötzlich zu gut für Unterlindenbaum gewesen ist. Als irgend so ein Typ aus der Stadt ihm damals den Floh mit diesem Studium ins Ohr gesetzt hat, hat ihn das total verändert. Wir haben ihn von einem Tag auf den anderen praktisch nicht mehr zu Gesicht bekommen. Schade, er war ein fescher Bursch, der Christian. Ich muss zugeben, mit fünfzehn, als er sein erstes Moped bekommen hat, da hab ich ganz schön für ihn geschwärmt ... Und jetzt, jetzt ist er tot.«

»Resi, die Suppen!«, tönt es aus dem Küchenbereich bis in die Gaststube.

»Komme!«

»Der böse, böse Unbekannte aus der großen Stadt hat den plötzlich seine arrogante Seite entdeckenden Christian Hintergruber aus Unterlindenbaum gelockt, wer's glaubt, wird selig«, raunt die Mörderisch, als die junge Frau außer Hörweite ist. »Und was soll das mit dem tödlichen Unfall? Glauben Sie, die Hintergrubers haben den Tod ihres Sohnes bewusst zu einem Unfall abgeschwächt? Aber warum? Um sich lästige Fragen zu ersparen? Übrigens, ich weiß, woran sich Christian Hintergruber geschnitten hat. Ich hab ganz vergessen, Ihnen zu erzählen, dass ich heute Morgen ein Mail von den Technikleuten bekommen habe. Einer meiner Freunde hat uns zuliebe eine Nachtschicht eingelegt. Der Bauchstich wurde unserem Mordopfer mit einem handelsüblichen Taschenmesser verpasst. Etwa zehn Zentimeter Klingenlänge. Also genau, wie Sie gesagt haben, ein Messer, wie es der durchschnittliche Sankt Lindenbaumer ...«

»... gerne zum Schnitzen benutzt und praktisch immer bei sich trägt«, ergänzt der Friedrich seufzend. »Leichter macht uns das die Suche nach dem Täter jetzt auch nicht unbedingt.«

*

Als sie sich dem Hause Mitterbacher nähern, dringen wohltuende Gesänge aus diesem.

»Sagen Sie bloß, die Mitterbachers machen noch Hausmusik? Ich dachte, so was gibt's nur noch im Fernsehen«, entfährt es der Michi Mörderisch.

»Aber, Frau Kollegin, hören Sie hier irgendwo Frauenstimmen?«, entgegnet der Friedrich schmunzelnd.

»Nein?!«

»Eben, das ist unsere neue CD. *Männergesangsverein Sankt Lindenbaum, Volume 2*. Wir haben kurz überlegt, ob wir sie *Im Herzen der Linden* oder *Lindenblütenglühen* nennen sollen, aber das war dem Mitterbacher Peter dann doch zu kitschig. Immerhin reicht unser Repertoire vom traditionellen Volkslied über Jazzsongs bis hin zu Musical- und Pophits. Sogar an einem Gregorianischen Choral und einem Opernchor haben wir uns versucht. Wenn sie fertig ist, die CD, dann schenke ich Ihnen ein Exemplar, wenn Sie wollen.«

»Gerne«, erwidert die Mörderisch, »ich werde sie mir anhören und bei jedem Stück versuchen, Ihre Stimme rauszuhören. Und dann, dann schenke ich sie meiner Schwester. Allerdings, wenn die hört, dass Sie ein echter Star sind, dann geht sie mir wahrscheinlich noch mehr damit auf die Nerven, Sie endlich einmal mit nach Sankt Lindenbaum zu nehmen. Damit sie diesen charmanten, backenden und singenden Polizeibeamten aus der ländlichen Idylle kennenlernen kann.«

Der Friedrich, der sich verlegen die Nickelbrille zurechtrückt, läuft rot an. Er räuspert sich, dann wiegelt er ab. »Star bin ich beim besten Willen keiner, Frau Kollegin. Die CD, die gibt's nur in Sankt Lindenbaum und Umgebung zu kaufen. Der Erlös kommt der Renovierung unseres Kirchendachs zugute, aber das ändert natürlich nichts daran, dass Sie Ihre Schwester gerne einmal mitbringen können. Ich würde mich nämlich auch freuen, sie kennenzulernen.«

»Das lässt sich arrangieren, aber bitte erst, nachdem wir den Fall gelöst haben.« Resolut schreitet die Kriminalbeamtin auf die Haustür der Mitterbachers zu, um Sturm zu läuten.

Wenig später öffnet auch schon ein freundlich lächelnder Endvierziger die Tür des hübschen kleinen Einfamilienhauses.

»Ah, Friedrich, grüß dich! Was führt dich zu mir, und wer ist diese charmante junge Dame?«, flötet er in seinem melodischen Tenor. Eigentlich schade, dass er den Männerchor nur noch leitet und ihn nicht mehr selbst gesanglich unterstützt.

»Die junge Dame ist Kriminalinspektorin Michaela Mörderisch, und wir sind hier, um mit der Angelika zu reden. Ist sie zu Hause?«

Der freundliche Gesichtsausdruck ihres Gegenübers verdunkelt sich von einem Moment auf den anderen dramatisch. Der Friedrich weiß, dass die Angelika das Ein und Alles ihres Vaters ist, dass er sie schützen möchte, ist in seinen Augen also mehr als natürlich. Trotzdem wundert ihn, dass der Peter sich seinen Unwillen so deutlich anmerken lässt. Eigentlich ist er sonst die Diplomatie in Person.

»Geht's um diese Sache an der Promenade?«, fragt der Chorleiter nun auch mürrisch nach.

Die Mörderisch überlegt, ob ein »Na no na ned« zu unfreundlich wäre, und erwidert dann stattdessen: »Allerdings, das tut es. Ihre Tochter ist eventuell eine wichtige Zeugin in diesem Fall, wir werden sie auch nicht lange beanspruchen, versprochen.«

»In Ordnung, aber regen Sie sie bitte nicht zu sehr auf! Die Angelika hat das Ganze ziemlich mitgenommen.« Peter Mitterbacher deutet den beiden Inspektoren einzutreten, dann schreit er: »Angelika! Der Herr Fesch will mit dir reden!«

»Er soll in mein Zimmer kommen!«, schallt es zurück.

»Bitte, einfach grade durch. Es ist das letzte Zimmer links. Soll ich bei dem Gespräch dabei sein, Angelika?!« Anscheinend traut der Chorleiter seinem beeindruckendsten Bass gerade nicht über den Weg.

»Nein, ich bin alt genug, Papa!«

Dem Friedrich fällt ein, dass der Peter bis zu dieser unsäglichen Halloweennacht nichts vom Freund seiner Tochter gewusst hat, ein wirklich offenes Gespräch ist also wahrscheinlich nur ohne seine Anwesenheit möglich. Daran scheint die Angelika in weiser Voraussicht wohl auch zu denken.

»Wenn du was brauchst, ruf mich einfach!«, lässt der Mitterbacher Peter nicht locker.

Ein genervtes »Ja, Papa!« ist die Reaktion.

»Keine Sorge, Peter, wir tun deiner Kleinen nichts«, beruhigt der Herr Fesch seinen Freund. »Sie soll uns einfach nur dabei helfen, ein bisschen Klarheit zu bekommen, in Ordnung? Volljährig ist sie ja, also kannst du ihr ein Gespräch mit uns ruhig zutrauen.«

Nickend gibt der Chorleiter w. o., allerdings nicht, ohne den beiden Polizeibeamten nachzuschauen, wie sie nach einem höflichen Klopfen im Zimmer seiner Tochter verschwinden.

»Tut mir leid, aber der Papa glaubt immer noch, dass ich ein kleines Mädchen bin«, lautet dann auch die ungewöhnliche Begrüßung der Angelika Mitterbacher. »Was glauben Sie, warum ich ihm so lange nichts vom Ludwig erzählt hab. Bitte, nehmen Sie doch Platz!«

Die hübsche brünette junge Frau mit den großen Rehaugen deutet auf ein bequemes Sofa. Rasch lässt der Friedrich seinen Blick durchs Kinderzimmer der Tochter seines Chorleiters schweifen. Wenn es nicht nach etwas aussieht, dann nach einem Kinderzimmer. Der Raum ist erstaunlich groß und sehr modern eingerichtet. Selbst er, der er überhaupt kein Händchen für Inneneinrichtung hat, erkennt, dass die Angelika Geschmack besitzt.

»Schick haben Sie's hier, Frau Mitterbacher«, meint die Mörderisch nun auch. »Danke, dass wir mit Ihnen reden dürfen. Wir hoffen sehr, dass Sie uns weiterhelfen können. Ich nehme an, Ihnen ist auch wichtig, dass die Person, die Ihrem Freund das angetan hat, gefunden wird.«

»Ich glaube, ich weiß, wer der Kerl war«, erwidert Angelika Mitterbacher leise. Die Mörderisch zieht erstaunt die Augenbrauen nach oben, während der Friedrich sich über seinen Schnauzer fährt. Damit haben sie jetzt beide nicht gerechnet.

»Aha, wieso denn das?«, hakt der Herr Fesch trocken nach.

»Na ja, das ist so – Sie müssen mir aber versprechen, dass mein Papa nichts davon erfährt, der dreht sonst durch.« Als die beiden Inspektoren unisono nicken, fährt die junge Frau fort: »Also, ich hab da seit einiger Zeit so einen geheimen Verehrer. Der schreibt mir dauernd Nachrichten, keine SMS- oder WhatsApp-Nachrichten, sondern richtige Briefe. Die liegen dann meistens auf meinem Fensterbrett oder sind unter den Scheibenwischern meines Autos eingeklemmt. Lauter schwülstige Gedichte und andere Liebesbekundungen. Ich hab eine Zeit lang überlegt, ob ich damit zu Ihnen kommen soll, Herr Fesch, oder ob ich sie vielleicht dem Thomas zeigen soll, aber irgendwie hab ich mich noch nicht dazu durchringen können. Aber jetzt, jetzt weiß ich, dass das ein Fehler war. Ich hätte gleich zu Ihnen kommen sollen, als dieses Stalking losgegangen ist. Schauen Sie, beim letzten Brief war sogar ein Foto von mir und dem Ludwig dabei.«

Der Friedrich greift nach dem Blatt Papier, das die Angelika Mitterbacher ihm entgegenstreckt, außerdem auch nach dem Foto, das sie ebenfalls in ihren Händen hält. Handgeschrieben ist er natürlich nicht, der Brief, anscheinend will der heimliche Verehrer auch noch länger ein heimlicher bleiben. Aber die Schrift, die er am Computer eingestellt hat, sieht fast wie Schreibschrift aus. Dass das möglich ist, wusste der Friedrich bis jetzt nicht.

Liebste Angelika!

Denkst du wirklich, dass gerade er der Richtige für dich ist?! Er ist ein Aufreißer, ein Angeber, einer wie er hat dich nicht verdient! Aber ich werde ihm schon klarmachen, dass du zu mir gehörst! Ich werde nicht zulassen, dass er dich mir ausspannt! Du gehörst zu mir! Für immer und ewig! In Liebe!

Dein Wolf

»Scheint ein Faible für Rufzeichen zu haben, der Gute«, murmelt der Friedrich, als er den Brief an die Mörderisch weiterreicht. Dann sieht er sich das Foto genauer an. Es ist ziemlich unscharf, zeigt aber eindeutig die Mitterbacher Angelika und ihren Thunder in inniger Umarmung.

»Das Foto muss er gemacht haben, als ich mich mit Ludwig auf der Sankt Lindenbaumer Promenade getroffen habe. Irgendwann Ende August, Anfang September«, erklärt die junge Frau ungefragt.

»Nennt er sich immer Wolf?«, fragt die Mörderisch nach, nachdem sie die Botschaft des heimlichen Verehrers gelesen hat.

Angelika Mitterbacher nickt. »Ja, immer. Deshalb hab ich mir auch schon Gedanken darüber gemacht, ob ich einen Wolfgang kenne, aber mir ist niemand eingefallen. Ich glaube aber, dass er irgendeine Vorliebe für Wölfe hat, er erwähnt die in seinen Briefen immer wieder. Hält sie wohl für starke, mystische, beschützende Tiere. Also genau das, was er für mich sein möchte, bla bla bla. Der Typ hat anscheinend gewaltig einen an der Klatsche.«

»Das passt natürlich auch bestens dazu, dass Ihr Freund von einem Werwolf zusammengeschlagen wurde«, murmelt die Kriminalbeamtin, während sie nach dem Foto greift, das der

Herr Fesch ihr nun überreicht. »Wie gut kannten Sie eigentlich Christian Hintergruber?«

»Gar nicht«, kommt es wie aus der Pistole geschossen. »Ich hab ihn nie kennengelernt. Der Ludwig hat mir zwar viel von ihm erzählt, anscheinend waren die beiden fast wie Brüder, aber weil seine Familie den Christian verstoßen hat, ist er nur noch selten nach Unterlindenbaum gekommen. Dieses Treffen zu Halloween, das sollte unser erstes werden. Sehr lange hat das dann ja nicht gedauert. Ich glaube, der Ludwig wollte wissen, was sein Freund von mir hält, leider wird er das jetzt nie herausfinden ... Denken Sie etwa, dass die Schlägerei und der Mord etwas miteinander zu tun haben? ... Oh mein Gott, Sie glauben doch nicht, dass mein gestörter Verehrer in der Sache mit dem Christian drinhängt?! Ich hätte wirklich früher zu Ihnen kommen sollen, es tut mir so leid.«

Tränen rinnen Angelika Mitterbacher über die Wangen.

»Machen Sie sich keine Vorwürfe, Frau Mitterbacher, wir wissen doch überhaupt nicht, wie das alles zusammenhängt! Möglicherweise hat Ihr ominöser Verehrer weder etwas mit der schweren Körperverletzung noch mit dem Mord zu tun«, versucht die Kriminalbeamtin, die junge Frau zu beruhigen, wohl wissend, dass sie selbst nicht so recht glaubt, was sie da sagt.

»Dürfen wir diese Briefe mitnehmen? Und das Foto auch?« Der Friedrich deutet auf den Stapel an Nachrichten, der vor ihnen auf Angelika Mitterbachers Schreibtisch liegt.

»Natürlich, ich bin froh, wenn ich sie nicht mehr sehen muss. Eigentlich hab ich ja überlegt, sie wegzuwerfen oder zu verbrennen, aber irgendetwas hat mir gesagt, dass es besser ist, sie aufzuheben. Als ob ich geahnt hätte, dass irgendwann was Schlimmes passieren wird.« Erneut bricht Angelika Mitterbacher in Tränen aus.

»Wir lassen Sie jetzt am besten in Ruhe, Frau Mitterbacher«, beruhigend legt die Michi Mörderisch der jungen Frau die Hand auf die Schulter. »Wenn Ihnen noch etwas einfällt, melden Sie sich bitte einfach beim Herrn Fesch oder auch bei seinem Kollegen, dem Thomas. Wir finden Ihren Stalker, versprochen!«

Als sich die Tür des Kinderzimmers hinter ihnen geschlossen hat, flüstert die Kriminalbeamtin ihrem Kollegen zu: »Finden Sie es nicht auch seltsam, dass gerade der Herr Mitterbacher den Toten gefunden hat?«

»Sie glauben doch nicht etwa, dass der Peter etwas mit dem Mord zu tun hat?«, entgegnet der Friedrich, so leise er kann, entsetzt.

»Na ja, wenn meine einzige Tochter, mein Augenstern, einen verrückten Stalker hätte, wäre ich vielleicht auch zu allem Möglichen in der Lage«, raunt die Mörderisch.

»Aber der Peter weiß ja gar nichts von ihrem Verehrer«, schießt der Friedrich kaum hörbar zurück.

»Sind Sie sich da ganz si…«, aus dem Augenwinkel sieht die Kriminalbeamtin, dass der Sankt Lindenbaumer Chorleiter den Hausflur betreten hat. »Ah, Herr Mitterbacher, wir wären dann so weit. Danke, dass Sie uns dieses Gespräch mit Ihrer Tochter ermöglicht haben. Falls wir noch Fragen haben sollten, melden wir uns wieder. Auf Wiedersehen!«

»Bis Mittwoch, Peter, ich bin schon gespannt auf die fertige CD«, versucht der Friedrich, die unheimliche Stille, die für einen Moment herrscht, zu durchbrechen.

Als die beiden Polizeibeamten auf die Haustür zugehen, spüren sie in ihren Rücken förmlich den durchdringenden Blick des Herrn Mitterbachers. Und beide haben sie das Gefühl, dass hier etwas ganz und gar nicht stimmt.

Kapitel 12

Den Rest des Nachmittags verbringen die beiden Polizeibeamten auf der Polizeidienststelle Sankt Lindenbaum. Der Friedrich widmet sich dem nötigen Papierkram, während die Mörderisch den Polizeicomputer durchkämmt und ein wenig Internetrecherche betreibt, nicht ohne sich hin und wieder über den vorsintflutlichen Zustand des technischen Equipments zu beschweren.

»So ein Schmarren, da hat ja meine Oma schnelleres Internet!«, flucht sie gerade.

Der Friedrich, der das noch von ihren letzten gemeinsamen Ermittlungen her kennt, beschließt, die Mörderischen Gefühlsausbrüche einfach zu ignorieren.

»Du, Thomas, sag, hast du dich in der letzten Zeit eigentlich mit den illegalen Autorennen beschäftigt?«, fragt er seinen jungen Kollegen, der sein Glück, mit einer echten Kriminalbeamtin in einem Raum zu sein, immer noch nicht fassen kann. Dass es insgeheim sein Traum ist, selbst ein erfolgreicher Kriminalbeamter zu werden, das weiß der Herr Fesch schon länger. Anfangs hat er das als ein bisserl lästig empfunden, aber mittlerweile kann er den Thomas ganz gut verstehen. So eine Mordermittlung ist schon spannender als das, was ihnen sonst so unterkommt.

»Sicher, Chef, ich hab mich, wie besprochen, auf die Lauer gelegt, aber die Typen scheinen ein Gespür dafür zu haben, wann ich auf sie warte. Es klingt vielleicht paranoid, aber die letzten Male hab ich nicht einmal mehr meiner Mama erzählt, wann eine Nachtstreife ansteht. Ich hab mir Sorgen gemacht, dass unsere Hobbyrennfahrer jemanden aus meiner Familie oder meinem Freundeskreis kennen und deshalb immer Ruh' geben, wenn ich mich ihnen auf die Fersen heften will. Aber nix hat's geändert, gar nix. Keine Spur hab ich, nicht die geringste, tut mir leid, Chef.«

Ein Schmunzeln kommt dem Herrn Fesch aus. Mittlerweile kann er beim besten Willen nicht mehr verstehen, warum der Thomas ihm am Anfang so gar nicht sympathisch gewesen ist. Lächelnd drückt er ihm also die Auspuffblende in die Hand, die er auf seiner Ausfahrt mit der Michi Mörderisch gefunden hat. »Dann hast du jetzt eine Spur, Thomas. Ich wünsche mir von dir, dass du herausfindest, welcher unserer Möchtegern-Formel-eins-Piloten diese Auspuffblende verloren hat. Bei einem Rennen letzte Nacht, das an meinem Haus vorbeigeführt hat. Da bin ich mir ziemlich sicher.«

»Auspuffblenden-Besitzer finden, wird gemacht, Chef!«

Fehlt nur noch, dass der junge Polizeibeamte übertrieben salutiert. Aber sein Eifer, der gefällt dem Friedrich. Er erinnert ihn an sich damals, als er vor vielen Jahrzehnten begonnen hat, in Sankt Lindenbaum für Recht und Ordnung zu sorgen. Als Jungspund voller Elan und Begeisterungsfähigkeit.

»So, Herr Kollege, ich weiß jetzt alles, was wir wissen müssen, um weitermachen zu können«, reißt die Michi Mörderisch den Friedrich wieder einmal aus seinen Gedanken.

»Ich hab jetzt die Namen der beiden Studienkollegen unseres Mordopfers, mit denen es sich eine Wohnung geteilt hat. Es handelt sich übrigens um zwei ziemlich konträre Typen, die beide kurz vor Abschluss des Archäologiestudiums stehen. Die Adresse der Wohnung hab ich natürlich auch. Außerdem hab ich alle, die uns während unserer Ermittlungen bis jetzt untergekommen sind, durch den Polizeicomputer geschickt. Keiner von ihnen zählt zu unseren alten Bekannten. Was die Maske angeht, die Sie gefunden haben, müssen wir noch auf Informationen warten, mein Bekannter von der Technik hat mir versprochen, sich, so rasch es geht, damit zu beschäftigen. Die Briefe vom heimlichen Verehrer der Mitterbacher Angelika hab ich alle eingescannt – Mann, war das mühsam, bei dem alten Scanner, den ihr hier habt – und sie einer Kollegin geschickt, die sie sprachlich genau analysieren wird. Ach, und noch was, der Bauchstich alleine wäre wahrscheinlich nicht tödlich gewesen. Todesursache war auf alle Fälle der Genickbruch. Den Herrn Donnersbach hab ich angeschrieben und ihn gefragt, ob ihm mittlerweile der Name der Ex-Verlobten unseres Mordopfers eingefallen ist, ich hab aber noch keine Rückmeldung bekommen. Außerdem hab ich ihn auch gebeten, darüber nachzudenken, wem er im Laufe der Jahre so alles eine Freundin ausgespannt hat. Nachdem der Werwolf im Zuge der Schlägerei ja angeblich *Die spannst du mir nicht auch noch aus!* geschrien hat, könnt ich mir nämlich gut vorstellen, dass die beiden diesbezüglich eine gemeinsame Vergangenheit haben. Und ...«

»Himmel, Frau Kollegin, wie viele Espressi haben Sie sich denn genehmigt? Sie müssen ja einen Ruhepuls von zweihundert haben«, unterbricht der Friedrich die Kriminalbeamtin grinsend.

»Ich war noch nicht fertig«, fährt die Mörderisch unbeeindruckt fort. »Und die Kollegen der Spurensicherung hab ich gebeten, ihren Bericht über den Tatort alsbald fertigzustellen. Sie haben mir auch das Okay gegeben, die Sankt Lindenbaumer Promenade selbst noch mal unter die Lupe zu nehmen. Ihre Arbeit ist erledigt, wir können also keine Spuren mehr zerstören. Ich schlage also vor, dass wir uns den Ort des Geschehens endlich selbst genau ansehen.«

Der Friedrich denkt daran zurück, wie er sich in der Halloweennacht zum reglosen Hintergruber Christian hinuntergehangelt hat. Gesteigertes Bedürfnis, sich dieses Stück der Promenade und den Abgrund darunter genauer anzusehen, hat er wirklich keines.

»Also los, worauf warten Sie noch?!« Die Michi Mörderisch klatscht auffordernd in die Hände. Mindestens drei doppelte Espressi, schießt es dem Herrn Fesch durch den Kopf, wenn nicht sogar vier.

»Wenn wir uns beeilen, geht sich noch ein gemütliches Abendessen bei der Frau Zenzinger aus«, lässt die Kriminalbeamtin nicht locker.

Der Friedrich zieht skeptisch die Augenbrauen hoch. »Sie wollen aber nicht wirklich jetzt zur Promenade aufbrechen, Frau Kollegin?«, fragt er erstaunt nach.

»Und warum bitte nicht?«, schießt die Mörderisch zurück.

»Na, vielleicht, weil's draußen stockdunkel ist?«, kann der Friedrich, einen süffisanten Unterton in seiner Stimme, sich nicht verkneifen.

Ein Mörderisches Schulterzucken ist die Folge.

»Na und? Umso besser. Das entspricht dann in etwa den Bedingungen, die zum Tatzeitpunkt geherrscht haben. Wir sehen also genau, wie die Lichtverhältnisse gewesen sind, als Christian Hintergruber niedergestochen wurde. Außerdem auch, ob jemand, der am Tatort vorbeigefahren ist, etwas gesehen haben müsste etc. pp. … Uns geht's ja nicht darum, Spuren zu finden, das haben die Forensiker schon für uns erledigt, wir wollen uns in den Täter und das Opfer einfühlen, um uns so eine möglichst wahrscheinliche Rekonstruktion der Tat zu ermöglichen.«

Der Friedrich findet, dass das Gerede der Mörderisch jetzt schon fast einen esoterischen Touch bekommt.

Also sagt er, sich seine Brille zurechtrückend, nur: »Wenn Sie meinen.«

*

Wie schon in der Tatnacht muss der Friedrich feststellen, dass die Sankt Lindenbaumer Promenade im Dunkeln bei Weitem nicht so einladend wirkt wie untertags.

»Wo genau haben Sie die Leiche gefunden?«

Der Michi Mörderisch scheint die unheimliche Stimmung – der durch den zerrissenen Nebelschleier blass durchleuchtende Mond ist zwar nicht mehr ganz voll, aber immer noch beeindruckend – nicht das Geringste auszumachen. Voller Tatendrang schlüpft sie unter dem rot-weißen Polizeiabsperrband durch und steuert zielgerichtet auf das elegante graue Geländer der Promenade zu.

Korrigiere – mindestens vier doppelte Espressi, eventuell sogar fünf, schießt es dem Friedrich durch den Kopf, bevor er herzhaft gähnt.

Dann deutet er auf die Markierungen, die von den Kollegen der Spurensicherung ohnehin an allen relevanten Örtlichkeiten angebracht worden sind.

»Hier, auf dem Kiesboden, war alles voller Blut, da, wo Sie gerade stehen, hab ich den blutigen Handabdruck auf dem Geländer entdeckt, und wenn Sie nach unten schauen, sehen Sie den Ort, an dem ich die Leiche gefunden habe.«

»Da sind Sie runtergekraxelt?!«, fragt die Mörderisch erstaunt nach, nachdem sie den Lichtkegel ihrer Taschenlampe auf den Abgrund unter sich gerichtet hat.

Der Herr Fesch macht eine wegwerfende Handbewegung. »Aber natürlich, das war doch nix. Ich bin ja immer noch ziemlich gelenkig, außerdem recht groß«, beschönigt er seine Turneinlage in der Halloweennacht ein wenig, während er auf die Kriminalbeamtin zugeht, um ihr alles ganz genau zeigen zu können. »Mit dem Kopf ist Christian Hintergruber auf dem Felsbrocken da drüben gelegen, wenn er woanders, zum Beispiel da, im dichten Laub, aufgekommen wäre, hätte er sicher mehr Glück gehabt.«

Stumm nickend, die Taschenlampe von einem Ort zum nächsten wandern lassend, prägt sich die Michi Mörderisch jedes Detail des Tatortes ein. Es dauert eine ganze Weile, bis sie schließlich sagt: »Also, wenn ich das richtig verstanden habe, hat sich der blutende Christian Hintergruber hier am Geländer festgehalten, bevor er drübergestürzt ist, oder, wie ich vermute, in den Abgrund gestoßen wurde.«

»Da gehört aber einiges an Kraft dazu«, meint der Friedrich nur.

»Wie bitte?«

»Na ja, einen stattlichen jungen Mann wie Christian Hintergruber über das Geländer zu hieven«, erklärt der Herr Fesch.

Die Kriminalbeamtin geht ein paar Schritte zurück und sieht sich das Geländer genau an. »Wenn er auf dem Steinsockel gestanden ist, war's nicht recht schwierig, ihn da hinunterzubekommen«, folgert sie schlussendlich. »Da kriegt man sicher leicht das Übergewicht, wenn man da oben steht und noch dazu schwer verletzt ist.«

»Also könnte er doch von selbst drübergefallen sein«, wirft der Friedrich ein.

»Ich bin ja noch nicht fertig, Herr Kollege«, entgegnet die Mörderisch. »Gerade wollte ich noch sagen, dass ich es aber für ziemlich unwahrscheinlich halte, dass er auf dem Steinsockel gestanden ist. Außer natürlich, jemand hat ihn so weit zurückgedrängt, dass er keine andere Chance hatte. Wenn er aber, wie ich eigentlich vermute, weil auf dem Sockel, wie es aussieht, auch keine Spuren gefunden wurden, vor seinem Sturz hier auf dem Kiesboden gestanden ist, macht das die Sache schon bedeutend schwieriger. Ihn dann über das Geländer zu hieven, das stelle ich mir nicht so einfach vor.«

Der Friedrich lenkt den Lichtkegel seiner Taschenlampe auf den Boden der Promenade, dann auf den obersten Punkt des Geländers. Danach rückt er mit der linken Hand seine Brille zurecht. »Sie denken also, dass unser Täter eine Person sein muss, die über genügend Kraft verfügt, um einem stattlichen jungen Mann einen derart starken Stoß zu verpassen, dass er über das Geländer in den Abgrund stürzt.«

»Genau«, bestätigt die Kriminalbeamtin, »oder aber, es waren mehrere Täter. Zu zweit wäre es garantiert ein Einfaches gewesen, den Schwerverletzten über das Geländer der Promenade zu befördern. Selbst wenn sich dieser gewehrt hätte. Aber schauen wir uns einmal in einem etwas weiteren Radius um. Mich interessiert, woher der Täter gekommen ist, ob er Christian Hintergruber überrascht hat oder ob sich dieser eventuell sogar mit seinem Mörder hier getroffen hat.«

Langsam entfernt sich die Michi Mörderisch vom Geländer, immer den Markierungen folgend, die ihr anzeigen, wo Blutspuren gefunden worden sind.

»Schauen Sie, Herr Fesch, wenn man den Spuren folgt, gelangt man fast bis an das Bankerl da vorne, das unter der großen Birke.« Die Kriminalbeamtin leuchtet mit ihrer Taschenlampe nun genau das beschriebene Bankerl und den mächtigen Baum an.

Der Friedrich, der kennt das Bankerl nur zu gut. Jedes frischverliebte Sankt Lindenbaumer Paar zieht es im Laufe seiner Beziehung zumindest einmal hierher, weil man es hier wirklich sehr romantisch und ruhig hat. So romantisch, dass er selbst seiner Exfrau hier sogar den Heiratsantrag gemacht hat. Rasch schiebt er die schmerzenden Bilder, die bei der Erinnerung daran in seinem Kopf entstehen, wieder weg.

»Kommen Sie mal, Herr Fesch!«, bringt die Mörderisch ihn auch schon auf andere Gedanken. Allerdings nur für einen flüchtigen Moment.

»Da, der Stamm der Birke, er ist voller Herzerln und Buchstaben.«

Der Friedrich sieht sich, das Taschenmesser, das ihm sein Opa geschenkt hat, in den Händen, seine und die Initialen seiner ersten großen Liebe in die Rinde der damals noch viel zierlicheren Birke einritzen.

Er seufzt kurz. »Hab ich Ihnen ja gesagt, dass die Sankt Lindenbaumer noch gerne ein Taschenmesser zum Schnitzen bei sich tragen. Die gemeinsamen Initialen in einen der Bäume hier einzuritzen, das ist in Sankt Lindenbaum so etwas wie eine Tradition unter Frischverliebten.«

»Also, die zwei müssen aber besonders verliebt gewesen sein.« Die Kriminalbeamtin leuchtet direkt auf ein überdimensionales Herz, in dem S+K steht, das schon ein paar Jährchen auf dem Buckel zu haben scheint.

Nun lässt auch der Friedrich seine Taschenlampe über den Stamm der Birke gleiten. Bis er plötzlich stoppt. Leider um einige Augenblicke zu früh, weshalb sie vor ihm verborgen bleibt, diese eine Botschaft, die noch nicht allzu lange die vielgeprüfte Rinde des mächtigen Baumes ziert.

*

Gentleman der alten Schule, der er ist, begleitet der Friedrich die Mörderisch noch nach Hause, also, besser gesagt, zur Ferienwohnung der Frau Zenzinger.

»Wollen Sie wirklich nicht mit reinkommen, Herr Kollege? Ich bin mir sicher, die Frau Zenzinger hat ein üppiges Abendessen vorbereitet, von dem auch ein bisschen was für Sie abfällt«, meint die Kriminalbeamtin gerade.

Kopfschüttelnd erwidert der Herr Fesch: »Nein danke, ich hab kein gutes Gefühl dabei, die Gastfreundschaft der Cecilia so häufig auszunutzen. Im Gegensatz zu Ihnen sorge ich ja nicht dafür, dass Geld in ihre Kassa kommt. Aber lassen Sie die Cecilia lieb von mir grüßen und guten Appetit!«

Der Friedrich will sich gerade umdrehen, als die Jessy aus

ihrem Wagen steigt und auf den Hauseingang zueilt. Bildet er es sich ein, oder wirkt sie wenig erfreut, als sie ihn entdeckt?

»Guten Abend!«, ist auch alles, was sie sagt, bevor sie versucht, sich am Polizeiinspektor vorbeizudrängen.

»Grüß dich, Jessy, so ein Zufall. Ich wollt ohnehin noch einmal mit dir reden«, gibt der Friedrich der jungen Frau keine Chance auf ein schnelles Entkommen.

»Muss das sein?«, motzt die Jessy unwillig. »Ich bin hundemüde.«

Der Friedrich, dem dieser beinahe pubertäre Ton ganz und gar nicht gefällt, setzt einen strengen Blick auf.

»Allerdings, das muss es. Ich hab da eine dringende Frage an dich.«

Erstaunt dreht die Michi Mörderisch, die eigentlich schon Richtung Speisezimmer unterwegs gewesen ist, um und wartet darauf, was der Herr Fesch die Jessy Zenzinger denn so Dringendes fragen will.

»Na gut«, entgegnet Jessy schulterzuckend. »Dann schießen Sie mal los, Herr Inspektor! Was wollen Sie wissen?«

»Mich interessiert, ob du zurzeit einen Freund hast oder ob es einen hartnäckigen Verehrer gibt, der mit deinem Techtelmechtel während der Halloweenfeier ein Problem gehabt haben könnte. Hat dir an diesem Abend noch ein anderer schöne Augen gemacht? Gibt es einen eifersüchtigen Liebhaber, von dem wir nichts wissen? Fällt dir sonst irgendjemand ein, dem es ein Dorn im Auge gewesen sein könnte, dass du dich mit Christian Hintergruber auf Anhieb so gut verstanden hast?« Sich über seinen Schnauzer streichend, wartet der Friedrich gespannt auf die Antwort der jungen Frau.

Die lacht kurz auf. »Ha! Ich und einen Freund haben?! Herr Fesch, nach der Sache mit dem Johnny hab ich genug von den Männern. Also zumindest, was eine Beziehung oder so angeht. Ein bisserl unverbindlicher Spaß hie und da, das ist in Ordnung, aber auf echte Gefühle lass ich mich nicht mehr so schnell ein. Ich hab einfach kein Vertrauen mehr zu den Männern.«

Verständnisvoll nickt der Friedrich. Es tut ihm leid für die Jessy, dass es ihr so geht, aber er kann ihre Verbitterung nur allzu gut nachvollziehen. Er selbst ist ja auch noch immer nicht über seine gescheiterte Ehe hinweg. Wie lange es wohl dauert, bis man negative Erfahrungen, wie die Jessy und er sie gemacht haben, vergisst und wieder bereit ist, von vorne anzufangen?

Jetzt mischt die Mörderisch sich ein. »Aber Sie haben doch sicher jede Menge Verehrer, Frau Zenzinger, so gut, wie Sie ausschauen?«

»Genau, ein sauberes Mädel wie du, das zieht doch normalerweise die Männer an wie die Motten das Licht«, bekräftigt der Herr Fesch die Aussage seiner Kollegin, wenn auch in einer zweifelhaften Art und Weise.

Eine auffällige Röte schießt der Befragten in die Wangen. Fühlt sie sich geschmeichelt, oder hat sie etwas zu verbergen?

»Okay, also einen Verehrer hat's da schon gegeben. Er hat mir eine Zeit lang den Hof gemacht. Ein bisserl zu vehement, wenn Sie mich fragen. War ganz schön nervig, der Typ. Aber irgendwann hat er dann kapiert, dass ich nichts von ihm will, und sich ein anderes Opfer gesucht.«

»Und wer war dieser Typ?«, hakt die Mörderisch neugierig nach.

»Der René«, ist alles, was die junge Frau entgegnet.

Mehr braucht es auch nicht. Der Friedrich weiß sofort, von wem sie spricht. Es gibt nur einen René in Sankt Lindenbaum, aber der hat es dafür in sich.

Als ob sie die Gedanken des Polizeiinspektors lesen könnte, meint die Jessy nun auch schulterzuckend: »Keine Ahnung, warum die schweren Jungs immer so auf mich abfahren, Herr Fesch. Vielleicht liegt's an meiner Frisur oder den Tattoos. Möglicherweise denken sie, dass ich ähnlich ticke wie sie. Dabei will ich das alles doch gar nicht … Kann ich jetzt endlich reingehen?«

Der Friedrich nickt mitleidig und sieht der jungen Frau zu, wie sie seufzend im Hauseingang verschwindet.

»Was sollte ich über diesen René wissen?«, meint die Mörderisch interessiert, als die Jessy außer Hörweite ist.

»Kleinkrimineller«, erwidert der Sankt Lindenbaumer Polizeibeamte, »ein alter Bekannter. Nichts Weltbewegendes dabei, aber auch kein Typ, den man sich als zukünftigen Schwiegersohn wünscht. Genaueres dann morgen. Gute Nacht, Frau Kollegin.«

»Gute Nacht.«

Während er sich zu Fuß auf den Nachhauseweg macht, überlegt der Friedrich, ob er dem René zutraut, etwas mit der Sache zu tun zu haben. Bis er zu Hause angelangt ist, kommt er zu keiner eindeutigen Antwort auf diese Frage, was aber vielleicht auch daran liegt, dass ihm beim Gehen die Augen schon fast zufallen. Erst einmal eine Nacht über alles schlafen, denkt er gerade, als ihm ein gefalteter Zettel auf seiner Fußmatte ins Auge sticht. Und mit einem Mal ist er wieder putzmunter.

Kapitel 13

Es ist nicht alles Gold, was glänzt.
Manchmal trügt der schöne Schein.

Der Friedrich liest nun schon zum etwa hundertsten Mal diese kurze Botschaft, die ihm da jemand zukommen hat lassen, und kann trotzdem noch immer nichts damit anfangen. Er ist aber auf alle Fälle froh, dass er den einfachen weißen A4-Zettel nicht mit bloßen Händen angegriffen hat, weil sein Bauchgefühl ihm zu verstehen gibt, dass es sich um ein wertvolles Beweisstück handeln könnte.

Wie die Nachrichten, die Angelika Mitterbacher von ihrem heimlichen Verehrer bekommen hat, ist auch diese mit einem Computer geschrieben worden. Wieder sieht sie einer handschriftlichen Botschaft nicht unähnlich, trotzdem ist der Friedrich sich ziemlich sicher, dass er es hier mit einer anderen Schriftart zu tun hat. Zwei unterschiedliche Computerschriften, die aussehen wie Handschriften – unglaublich, was mithilfe der modernen Technik mittlerweile möglich ist.

»Es ist nicht alles Gold, was glänzt. Manchmal trügt der schöne Schein«, wiederholt der Polizeibeamte ein weiteres Mal, bevor er einen Schluck von der heißen Milch mit Honig nimmt, die vor ihm auf dem Tisch steht. Wie ist es nur möglich, dass man in einem Moment todmüde ist und kurz darauf schon wieder so putzmunter? Noch dazu gerade dann, wenn man es eigentlich überhaupt nicht brauchen kann. Da er morgen ermittlerische Höchstleistungen vollbringen will, sollte er nämlich dringend schlafen gehen. Unausgeschlafen kommt er Christian Hintergrubers Mörder sicher nicht auf die Schliche.

Es ist nicht alles Gold, was glänzt. Manchmal trügt der schöne Schein. Das kann sich auf alles Mögliche beziehen.

»Ein bisserl deutlicher hätt's ruhig sein können«, murmelt der Friedrich grantig. So was mag er gar nicht. Entweder gibt man ihm einen Hinweis, mit dem er etwas anfangen kann, oder man lässt es lieber gleich bleiben. Auf Rätsel und Spielchen jeglicher Art hat er überhaupt keine Lust. Für so was ist er schon zu alt.

»Ich zeig dich morgen einfach der Michi Mörderisch«, spricht der Herr Fesch die ominöse Botschaft nun direkt an, zum Glück, ohne sich eine Antwort von dieser zu erwarten. »Die ist noch jung und mit Sicherheit kreativer als ich. Es ist nicht alles Gold, was glänzt. Manchmal trügt der schöne Schein. Vielen Dank auch!«

Als er die Nachricht, natürlich nicht, ohne sich zuvor wieder Gummihandschuhe übergezogen zu haben, zusammenfaltet und in einem Beweissicherungsbeutel verstaut, entkommt dem Friedrich endlich das ersehnte herzhafte Gähnen.

Wenig später schläft er tief und fest und träumt von Werwölfen, Vampiren, den Hintergrubers, der Angelika, ihrem Ludwig, der Jessy, sprechenden Computern und Cremeschnitten. Nur die Frau Doktor Weißinnger, die kommt diese Nacht leider nicht in seinen Träumen vor.

*

»Die Frau Mörderisch ist gerade joggen. Sie kommt dann direkt zu dir ins Büro.« Cecilia Zenzinger lächelt den Herrn Fesch freundlich an. Trotzdem schaut sie so aus, als ob sie nicht länger mit ihm tratschen möchte, und genau das fordert ihn heraus.

»Ah, hat sie Angst, dass ihr deine himmlische Kost auf die Hüften schlägt?«, erwidert der Friedrich also zuerst charmant, um dann beinahe augenblicklich andere Töne anzuschlagen. »Sag einmal, hast du eigentlich mitbekommen, dass der René hinter der Jessy her war?«

Auch wenn sie versucht, es zu verbergen, steht Cecilia Zenzinger deutlich ins Gesicht geschrieben, dass sie erstaunt ist. Etwas, das dem Feschen Spürsinn natürlich nicht entgeht.

»Komm schon, raus damit, Cecilia, ich seh doch, dass du mir etwas verheimlichst!«, fackelt der Polizeiinspektor nun auch nicht lange, immerhin kennt er die Cecilia schon seit Ewigkeiten und hat deshalb nicht die geringsten Skrupel, Tacheles mit ihr zu reden.

Die Cecilia ziert sich ein bisschen, aber dann sprudelt es doch aus ihr heraus. »Normalerweise würd ich dir nicht vom Liebesleben meiner Tochter erzählen, Friedrich, aber ich mach mir große Sorgen um die Jessy, also ist es hoffentlich in Ordnung, wenn ich dir das anvertraue. Das mit dem René, das stört mich nämlich gewaltig. Er ist einfach keiner, den man sich als Freund seiner Tochter wünscht. Ich versteh auch überhaupt nicht, was sie an ihm findet. Es ist, als hätte diese Sache mit dem Johnny einen anderen Menschen aus meiner Kleinen gemacht. Sie lässt sich viel schneller auf neue Beziehungen ein, was Ernsthaftes wird aber nie draus. Nur mit diesem Möchtegernganoven, mit dem trifft sie sich immer wieder. Das gefällt mir nicht. Ganz und gar nicht.«

Verblüfft rückt der Friedrich seine Nickelbrille zurecht, dann fragt er, nur, um sicherzugehen, dass er nichts falsch verstanden hat, nach: »Cecilia, erzählst du mir da gerade allen Ernstes, dass die Jessy und der René ein Techtelmechtel miteinander haben?«

»Wenn du es unbedingt so formulieren willst«, entgegnet Jessys Mutter nickend, »sie selbst spricht eher von einer lockeren On-off-Beziehung.« Der Herr Fesch braucht einen

Moment, um zu verdauen, was er da gerade erfahren hat. So wirklich verstehen kann er das nämlich nicht. Eine Menge Fragen schwirren ihm plötzlich durch den Kopf: Warum hat die Jessy so getan, als hätte ihr der René erfolglos nachgestellt und sich mittlerweile nach einer anderen Angebeteten umgesehen? Weshalb hat sie ihn überhaupt erwähnt, wenn sie ihre Beziehung zu ihm eigentlich geheimhalten will? Wie kann ein kluges, patentes, fesches Mädel wie sie einem derart windigen Typen verfallen? Und warum, um alles in der Welt, hat sie dann bei der Halloweenfeier mit dem Hintergruber Christian herumgeschmust? Plötzlich sieht der Friedrich beide vor sich: den René und den Christian Hintergruber – zwei Typen, wie sie unterschiedlicher nicht sein könnten. Ein Paar wie Tag und Nacht – ist vielleicht genau das der Grund, warum die junge Frau sich mit beiden eingelassen hat? Der Abwechslung wegen, wenn man so will?

»Hat die Jessy dir irgendwas über die Halloweennacht erzählt?«, versucht der Polizeibeamte nun, an weitere interessante Fakten zu kommen. Vergebene Liebesmüh.

»Nein«, Cecilia Zenzingers Gesichtsausdruck verändert sich dramatisch, »und genau das beunruhigt mich. Normalerweise erzählt meine Kleine mir nämlich alles, Friedrich. Irgendetwas muss in dieser Nacht passiert sein.«

Ja, ein Mensch wurde brutal verprügelt und ein zweiter getötet, denkt der Friedrich.

Als ob sein Gegenüber die Gedanken des Inspektors lesen könnte, ergänzt sie: »Außer diesen zwei schrecklichen Dingen, meine ich. Etwas, das mit der Jessy zu tun hat.«

Seinen Schnurrbart zwirbelnd, erwidert der Herr Fesch gar nichts. Er weiß zwar noch nicht, welche Rolle die Jessy und ihr On-off-Partner im Fall Hintergruber spielen, aber eines weiß er mit Sicherheit: Sich den René zum Feind zu machen, ist grundsätzlich keine gute Idee.

*

»Also, Frau Kollegin, was Sie alles verpasst haben, weil Sie joggen waren«, lauten die Feschen Begrüßungsworte, als die Mörderisch endlich in die Polizeiinspektion kommt. Frisch geduscht und voller Elan, genauso, wie der Friedrich sie eben kennt.

Als die Kriminalbeamtin zehn Minuten später alles weiß – vom geheimen, kryptische Botschaften-Verfasser bis hin zum René-Vorstrafenregister –, meint sie schmunzelnd: »Das eröffnet uns völlig neue Perspektiven, Herr Kollege, schier grenzenlose Möglichkeiten. Also, was meinen Sie, knöpfen wir uns als Erstes diesen Kleinkriminellen vor und fragen ihn nach seinem Alibi in der Tatnacht? Wir könnten natürlich zuvor auch noch versuchen, den Sinn dieser *Es ist nicht alles Gold, was glänzt*-Botschaft zu entschlüsseln? Oder wir machen uns, wie ich für heute eigentlich geplant hätte, auf in die große Stadt, um uns Christian Hintergrubers WG zu Gemüte zu führen und seinen beiden Studienkollegen beziehungsweise Mitbewohnern auf den Zahn zu fühlen. Immerhin sind die zwei wichtige Zeugen, die wir bis jetzt nicht befragt haben. Außerdem hätte ich gerne Herrn Mitterbacher gefragt, ob er ein Taschenmesser hat, und eventuell auch Kilian Hintergruber.«

»Sie glauben doch nicht wirklich, dass mein Chorleiter oder der Vater des Toten den Mord begangen hat?!«, entfährt es dem entsetzten Friedrich.

»Was ich *glaube*, ist vollkommen irrelevant, Herr Kollege, und wenn ich Sorge haben muss, dass Sie in dieser Sache befangen sind, dann sagen Sie es lieber gleich, sonst muss ich mir nämlich einen anderen Kollegen suchen, der diesen Fall mit mir löst!«

Die ungewohnte Schärfe dieser Worte verletzt den Friedrich im ersten Moment zwar, aber nachdem er sie sacken hat lassen und ein bisschen darüber nachgedacht hat, erwidert er trocken: »Nein, ich bin natürlich nicht befangen, Frau Kollegin, und Sie haben recht, was einer von uns beiden *glaubt*, zählt gerade gar nicht. Trotzdem kann ich mir nur schwer vorstellen, dass Kilian Hintergruber seinen eigenen Sohn ermordet hat, nur, weil dieser sich gegen den Willen seines Vaters für ein Archäologiestudium entschieden hat. Ebenso erscheint es mir als wenig wahrscheinlich, dass Peter Mitterbacher einen heimlichen Verehrer ...«

»Stalker«, schießt die Mörderisch dazwischen.

»... einen heimlichen Verehrer seiner Tochter ersticht«, fährt der Friedrich unbeeindruckt fort. »Aber, wie gesagt, Sie haben natürlich recht, was ich mir vorstellen kann, ist im Grunde irrelevant.«

»Gut, dann hätten wir das auch geklärt«, setzt die Kriminalbeamtin bestimmt nach. Zum ersten Mal während dieser Ermittlungen hat der Friedrich das Gefühl, ihr unterlegen oder sogar untergeben zu sein. Ein Gefühl, das ihm so ganz und gar nicht gefällt, auch wenn es grundsätzlich ja eigentlich in Ordnung ist, dass die Mörderisch den Ton angibt. Aber bis jetzt hat er sie beide als gleichberechtigtes Team wahrgenommen, das gemeinsam alles daransetzt, den Fall zu lösen.

Und plötzlich sind da diese Fragen, die den Polizeibeamten mehr als verunsichern: Ist er eventuell wirklich befangen? Kann er schwören, dass er den Peter nicht besser behandelt als andere Verdächtige, weil er sein Chorleiter ist? Ist er in der Lage dazu, seine persönlichen Gefühle hintanzustellen und völlig objektiv vorzugehen?

»Gut, also wenn Sie mir keine Antwort geben, dann entscheide ich das jetzt einfach für uns«, reißt die Mörderisch den Friedrich wie so oft aus seinen Gedanken. »Wir knöpfen uns als Erstes die beiden Studienkollegen unseres Mordopfers vor und schauen uns die WG genau an. Und heute Abend statten wir dann diesem René einen Besuch ab. Die seltsame Botschaft, die Sie erhalten haben, dieses inhaltsleere Sprichwort, nehmen wir uns als Letztes vor. Ich glaube, da will sich einfach jemand wichtigmachen. Das hat also Zeit.«

Es fällt dem Friedrich ziemlich schwer, sich eine zynische Bemerkung à la *Ich dachte, was einer von uns beiden glaubt, zählt gerade gar nicht* … zu verkneifen, des lieben Friedens willen hält er aber seinen Mund. Stattdessen nickt er einfach stumm. Wenn er nämlich im Laufe der Jahre etwas gelernt hat, dann, dass viele bekannte Redewendungen oft alles andere als inhaltsleer sind. Und gerade hält er sich streng an das Motto: *Der Klügere gibt nach.*

*

Auch während der darauffolgenden Autofahrt versucht der Herr Fesch, ein gängiges Sprichwort zu leben. Nämlich *Reden ist Silber, Schweigen ist Gold*.

Nicht, dass ihm das beim Fahrstil der Mörderisch leichtfallen würde. Den dichten Nebel ignorierend, braust sie durch die Landschaft, dass dem Friedrich angst und bange wird. Er krallt sich also wie immer an der Schlaufe über dem Beifahrersitz fest und presst gewaltsam die Lippen aufeinander. Ein bisserl will er eben schon, dass die Kriminalbeamtin merkt, dass sie ihn mit ihrer Zurechtweisung beleidigt hat. Nicht, dass der Friedrich nachtragend wäre, aber sensibel ist er eben schon.

Die Mörderisch hat natürlich längst bemerkt, dass die Stimmung in ihrem Wagen schon einmal ausgelassener gewesen ist, überlegt aber noch, wie sie ihren Kollegen am besten besänftigen soll. Bis sie sich schließlich für Ehrlichkeit entscheidet. »Gut, also, das war so. Ich hab da an einem Fall gearbeitet, einer wirklich unschönen Sache, und einer der Verdächtigen war ein guter Freund von mir. Ich hab's niemandem gesagt, weil ich ja gewusst habe, dass ich dann eigentlich für die Ermittlungen nicht infrage komme. Stattdessen hab ich gleich mehrere Fehler gemacht: Ich hab geschwiegen, was meine Verbindung zu diesem Verdächtigen angeht. Ich hab mich von ihm einlullen lassen und bin meinen Gefühlen gefolgt. Ich hab meinem damaligen Kollegen nicht geglaubt, als objektiv gesehen bereits alles gegen meinen Bekannten gesprochen hat. Zum Glück bin ich rechtzeitig aufgewacht, aber die Sache hätte mich fast meinen Kopf gekostet, also beruflich, meine ich. Seit damals bin ich einfach ein bisschen übergenau, was das Thema Befangenheit angeht. Weil ich halt am eigenen Leib erlebt habe, wie brandgefährlich die für eine Ermittlung werden kann.«

Als der Friedrich immer noch nichts sagt, ergänzt die Mörderisch: »Außerdem bin ich heute Morgen beim Joggen umgeknickt und deshalb schon den ganzen Tag grundgrantig. Ich hoffe also, Sie verzeihen mir den etwas zu scharfen Ton von vorhin und hören endlich auf, mich anzuschweigen. Das ist ja nicht auszuhalten.«

Wie schon erwähnt, ist der Friedrich nicht nachtragend und diese Entschuldigung Balsam für seine Seele. Deshalb wendet er sich der Kriminalbeamtin nach ihrem überraschenden persönlichen Geständnis samt reuiger Worte zu und meint schmunzelnd: »Passt schon, Frau Kollegin, ich bin es gewohnt, dass Frauen gerne den Ton angeben. Meine Ex hat zu Hause auch immer die Hosen angehabt.«

»Sind ja auch viel praktischer als Röcke«, entgegnet die Mörderisch grinsend und tritt dann das Gaspedal bis zum Anschlag durch, weil sie endlich die Autobahn erreicht haben.

Und mit einem Mal wird dem Friedrich wieder bewusst, warum die Ermittlerin aus der großen Stadt ihm so sympathisch ist.

Kapitel 14

»Kommen S' doch bitte herein. Ich bin der Oliver, und das da ist der Florentin.« Der pummelige, kleine junge Mann mit den großen braunen Augen, schwarzen Haaren und dem ebenso schwarzen Vollbart macht eine einladende Geste.

Florentin, Hintergrubers zweiter WG-Genosse, lächelt ebenfalls freundlich. Er ist optisch das genaue Gegenteil: groß, dünn, rotblond, Sommersprossen, Bubigesicht. Der Friedrich kann nicht anders. Er muss gedanklich einfach feststellen, dass der Christian eindeutig der Feschste in dieser WG gewesen ist. Aber auf Äußerlichkeiten kommt es ja bekanntlich nicht an, davon kann er selbst zur Genüge ein Lied singen.

»Können wir Ihnen was anbieten? Einen Kaffee vielleicht oder Tee? Ich hab gerade eine Kanne Ingwertee gekocht, der wärmt bei diesem Schmuddelwetter ausgezeichnet von innen.« Dem Friedrich fällt auf, dass dieser Florentin einen durchaus passablen Tenor hat. Auch das unterscheidet ihn von seinem Mitbewohner, dessen sonorer Bass dem Polizeibeamten sofort aufgefallen ist.

Wenn der Christian ein Bariton gewesen ist, hätten die drei wunderbar miteinander singen können, schießt es dem Herrn Fesch unpassenderweise durch den Kopf.

»Danke, aber Ingwertee ist nichts für mich. Gegen einen schwarzen Kaffee hätte ich allerdings nichts einzuwenden«, geht die Mörderisch auf das Angebot des jungen Mannes ein.

»Sie auch einen Kaffee?«, fragt der in Friedrichs Richtung nach.

»Nein, nein danke, für mich gar nichts.«

Nun übernimmt der sonore Bass wieder. »Nehmen Sie doch bitte im Wohnzimmer Platz. Allzu groß ist die Couch leider nicht, aber es sollte sich ausgehen.«

Der Friedrich war zwar noch nicht oft in einer Studentenbude, aber diese hier schaut genauso aus, wie er sich eine Wohngemeinschaft junger Männer vorstellen würde: relativ klein, relativ zweckmäßig, relativ unordentlich, aber dennoch irgendwie gemütlich.

Als er und die Mörderisch auf dem abgewetzten grünen Sofa und die beiden Studenten auf zwei Küchensesseln Platz genommen haben, herrscht für einen Moment bedrückende Stille. Bis die Kriminalbeamtin loslegt: »Danke für den Kaffee und fürs Zeitnehmen. Es ist für uns unglaublich wichtig, von Ihnen beiden zu erfahren, was am Halloweenabend in Sankt Lindenbaum genau passiert ist.«

»Wieso waren Sie überhaupt dort?«, hakt der Friedrich ein. »Es haben doch sicher hier, in der Stadt, tausendmal größere und spannendere Halloweenpartys stattgefunden? Sankt Lindenbaum ist ja nicht unbedingt als Feier-Hochburg bekannt, würd ich mal sagen.«

Ein Grinsen huscht über Olivers Gesicht, und da wird dem Polizeibeamten plötzlich bewusst, dass die beiden jungen Männer nicht aussehen, als wären sie besonders erschüttert über den gewaltsamen Tod ihres Mitbewohners.

»Allerdings, Sankt Lindenbaum ist wirklich ein idyllisches, ruhiges Plätzchen, ich hab zu Florentin und Christian gleich gesagt, man müsste da archäologische Ausgrabungen starten. So verstaubt, wie der Gemeindesaal ist, wird man dort sicher fündig, was Prähistorisches angeht.«

Jetzt lachen beide Studenten, und der Friedrich ist sich nicht sicher, ob er den Kommentar amüsant findet oder doch eher beleidigt ist.

»Ganz was anderes«, meint er deshalb, »entschuldigen Sie, wenn ich das so direkt anspreche, aber wirklich traurig wirken Sie nicht. Immerhin ist vor Kurzem Ihr Mitbewohner gestorben.«

Diesmal übernimmt der große Rotblonde das Antworten. »Wissen Sie, der Christian, der hätte nicht gewollt, dass wir Trübsal blasen und uns fertigmachen, weil ihm das passiert ist. Er hat das Leben geliebt, war eigentlich immer fröhlich – er hätte gewollt, dass wir positiv gestimmt an ihn zurückdenken, nicht in großer Trauer.«

Während der Herr Fesch sich über seinen Schnurrbart fährt, wirft er der Mörderisch, die gerade einen Schluck Kaffee nimmt, einen verstohlenen Blick zu. Ob sie diese Reaktion genauso ungewöhnlich findet wie er selbst?

»Nun gut, das bleibt natürlich jedem selbst überlassen – der Kaffee ist übrigens hervorragend –, aber zurück zur ursprünglichen Frage meines Kollegen. Wie war das mit der Party genau?«

Nun ist wieder Oliver an der Reihe. »Der Christian hat uns erzählt, dass ein alter Freund von ihm ihn nach Unterlindenbaum – also in die alte Heimat, wenn man so will – eingeladen hat, um ein verlängertes Wochenende dort zu verbringen. Er hat lange überlegt, ob er die Einladung annehmen soll, weil er Sorge hatte, dass ihm in Unterlindenbaum vielleicht sein Vater über den Weg läuft, hat dann aber Ja gesagt, weil er seinen Freund, den Ludwig, nicht enttäuschen wollte.«

»Uns hat er gebeten«, übernimmt Florentin, »ihn zur Unterstützung zu begleiten. Als Teil seines neuen Lebens ins alte hinein, könnte man sagen. Und nachdem wir beide nichts Besonderes vorhatten, sind wir halt mitgekommen. Die Party in Sankt Lindenbaum, die war dann eine spontane Sache. Wir haben darüber gescherzt, dass der Ort, aus dem Christian kommt, Unterlindenbaum heißt, und ihn gefragt, ob es auch ein Oberlindenbaum gibt. Dann hat er uns von Sankt Lindenbaum erzählt und dass es dort sogar noch schöner ist als in Unterlindenbaum, und davon wollten wir uns halt persönlich überzeugen. Und weil wir sowieso eine Halloweenparty in der Gegend besuchen wollten – immerhin haben wir uns extra neue Kostüme besorgt –, sind wir dann gleich zur Sankt Lindenbaumer Party gegangen.«

»Außerdem hat der Christian am Vormittag ein fesches Sankt Lindenbaumer Mädel kennengelernt, mit dem dürfte er sich für den Abend was ausgemacht haben. Getroffen hätten sie sich auf alle Fälle, so eben gleich bei der Party im Gemeindesaal«, ergänzt nun Oliver.

Der Friedrich, der mittlerweile sein Notizbuch gezückt hat, schreibt eifrig mit. Was ihn ein bisserl verwundert, ist, dass die Jessy und der Christian einander schon vor der Party kennengelernt haben. Davon hat sie während ihres Gesprächs kein Wort erwähnt.

»Wie hat denn dieses fesche Sankt Lindenbaumer Mädel ausgesehen?«, erkundigt er sich nun interessiert, um sicherzugehen, dass die beiden Herren überhaupt von der Jessy reden.

»Sie war im wahrsten Sinne des Wortes eine fesche Katz'«, entfährt es dem kleinen Schwarzhaarigen, »kurvig, keck und als Miezekatze verkleidet. Genau Christians Beuteschema.«

Der Friedrich streicht das Fragezeichen, das er neben den Namen Jessy gesetzt hat, wieder durch.

»Gut, andere Frage, haben Sie sich eigentlich alle bei Ludwig Donnersbach einquartiert?«, lenkt die Mörderisch das Gespräch in eine komplett andere Richtung.

Florentin schüttelt entrüstet den Kopf. »Nein, wo denken Sie hin, wir sind doch keine Schmarotzer! Der Christian, der schon, weil er und dieser Ludwig ja Best Buddies gewesen sind, Freunde fürs Leben, fast wie Brüder, aber wir, wir haben uns ein Zimmer in Unterlindenbaum genommen.«

»Das heißt, Sie sind dann wahrscheinlich nicht gemeinsam zur Party aufgebrochen, beziehungsweise haben sich nicht zu dritt dafür fertiggemacht?«, forscht die Kriminalbeamtin weiter.

Erneutes Kopfschütteln, diesmal in Klein und Dunkel. »Nein, wir haben uns in unserem Zimmer umgezogen, der Christian bei Ludwig Donnersbach. Dann haben uns die beiden mit Donnersbachs Auto abgeholt, und wir sind zur Party in Sankt Lindenbaum gefahren. Eigentlich hätte auch noch Ludwig Donnersbachs Freundin dabei sein sollen, aber die hat wohl ein bisschen länger gebraucht. Wie das bei Frauen nun mal so ist.«

Der letzte Kommentar bringt dem jungen Mann einen bösen Mörderischen Blick ein, was ihm aber gar nicht aufzufallen scheint.

»Erzählen Sie bitte weiter! Was ist dann passiert?!« Mit gezücktem Plastikkuli schaut der Friedrich sein Gegenüber auffordernd an.

»Wir sind am frühen Abend in Sankt Lindenbaum gelandet – die genaue Uhrzeit hab ich mir nicht gemerkt. Du, Flo?«

Schulterzucken und ein kurzes »Nö«.

»Und haben's dann eigentlich gleich ziemlich krachen lassen. Der Sankt Lindenbaumer Gemeindesaal ist zwar nicht gerade topmodern, aber Spaß kann man in Ihrem Kaff auf alle Fälle haben.«

Der Friedrich überhört das Kaff, was ihm alles andere als leichtfällt, und wartet, wie es weitergeht.

»Wir haben uns also mit den Sankt Lindenbaumern bestens amüsiert – bis auf eine üppige ältere Dame, die als Skelett verkleidet war, die war extrem nervig –, und irgendwann ist dann der Christian mit der feschen Katz' Richtung Toiletten verschwunden. Wir sind einstweilen mit Ludwig rausgegangen, um eine zu rauchen.«

»Und dann ist plötzlich aus dem Nichts ein Typ erschienen,

der das gleiche Kostüm angehabt hat wie der Christian – weshalb ich anfangs auch gedacht habe, dass er es ist«, übernimmt Florentin.

»Ich auch«, wirft sein WG-Kollege ein.

»Der hat wirres Zeug geschrien und ist direkt auf den Ludwig losgestürmt, hat ihn verprügelt, so was hab ich noch nicht erlebt. Der Oliver und ich, wir sind zu diesem Zeitpunkt ein bisserl abseits gestanden und haben mit ein paar Mädels geplaudert, deshalb hat's einen Moment gedauert, bis wir eingreifen konnten.«

Oliver nickt, dann erklärt er: »Es war auch zuerst gar nicht möglich, die beiden zu trennen. So heiß ist es hergegangen. Dieser Kerl, von dem ich im ersten Augenblick gedacht habe, es wäre der Christian, der war völlig von Sinnen. An der Stimme hab ich dann übrigens gleich erkannt, dass es sich nicht um den Christian handeln kann. Von der Statur her war er ihm aber wirklich verblüffend ähnlich.«

»Als wir dazwischengegangen sind«, erzählt nun wieder Florentin, »hat der Typ irgendwann endlich von Ludwig abgelassen und ist so schnell verschwunden, wie er zuvor gekommen ist.«

»Haben Sie gesehen, womit und wohin er verschwunden ist, also Auto, Motorrad, zu Fuß, Richtung Wald oder Richtung Ortskern?«, möchte die Kriminalbeamtin wissen.

Nun schütteln beide Studenten unisono die Köpfe.

»Nein, leider«, meint Florentin.

Sein Freund erläutert: »Wir haben uns so auf den verletzten Ludwig konzentriert, dass wir gar nicht darauf geachtet haben, wo der Typ hin verschwunden ist. Der Arme hat wirklich schrecklich ausgesehen.«

Der Friedrich rückt seine Brille zurecht. »Und Christian Hintergruber hat von alldem nichts mitbekommen?«

»Na ja, dass da draußen eine Schlägerei vor sich geht, hat anscheinend auch im Inneren des Gemeindesaals die Runde gemacht. Weshalb es mich eigentlich wundert, dass uns nicht schneller jemand zu Hilfe gekommen ist. Der Christian, der ist rausgestürmt, als der Ludwig schon blutverschmiert am Boden gelegen ist und der Angreifer längst über alle Berge war. Er hat uns dann auch geholfen, den Ludwig von der hysterischen Alten im Skelettkostüm wegzubringen. Wir sind zum Ludwig nach Hause gefahren. Im Nachhinein gesehen, wäre es zwar sicher klüger gewesen, die Rettung zu rufen. Aber zum Glück ist ja alles gut ausgegangen.«

Auch eine optimistische Aussage, wenn man bedenkt, dass Christian Hintergruber in dieser Nacht noch ermordet wurde, denkt der Friedrich.

»Dort hat dann schon seine Freundin gewartet, ein fesches Ding«, erzählt der Rothaarige weiter, »die war natürlich im ersten Moment total panisch, hat auch gemeint, wir sollten die Rettung oder einen Arzt rufen. Der Ludwig hat sich aber gegen alles gewehrt, darauf bestanden, mit seiner Freundin wie geplant zu irgendeiner Waldhütte aufzubrechen. Ist mit ihr ins Auto, und weg waren sie. Der Oliver und ich, wir sind dann halt noch zur Party in Unterlindenbaum gegangen. War ja noch ziemlich früh.«

Erstaunt zieht die Mörderisch die Augenbrauen hoch: »Und was war mit Christian Hintergruber?«

»Der hat in der Zwischenzeit einen Anruf bekommen und dann gemeint, er müsste noch wohin«, antwortet Florentin.

Sein WG-Mitbewohner ergänzt trocken: »Wir haben ihn nie wiedergesehen.«

*

»Das ist also Christian Hintergrubers Zimmer.« Jedes Detail aufnehmend, sieht sich der Friedrich um.

Im Gegensatz zum Wohnzimmer der kleinen WG ist dieser

Raum sehr schick eingerichtet und auch ordentlich aufgeräumt. Ihr Mordopfer dürfte also nicht der Chaosfaktor in dieser Wohngemeinschaft gewesen sein.

Alles ist sehr cool gehalten, viel Schwarz, aber auch Chrom und Glas, genau das, was jemandem wie der Mörderisch wahrscheinlich gefällt, wofür der Herr Fesch aber ein wenig zu traditionell ist. An der Wand gegenüber dem modernen Boxspringbett ist ein riesiger Flachbildschirm montiert, der große Eckschreibtisch sieht äußerst professionell aus, auch den Kasten und die Kommode dürfte man genau an dieses nicht allzu geräumige Zimmer angepasst haben. Maßanfertigungen, so was erkennt der Polizeibeamte auf den ersten Blick.

»Hat Herr Hintergruber einen Job gehabt neben seinem Studium?«, fragt die Mörderisch. Anscheinend geht ihr das Gleiche durch den Kopf wie ihrem Kollegen.

Oliver grinst. »Nein, hat alles Papa finanziert. Sie müssten erst mal Christians Wagen sehen.«

»Aber das ergibt doch keinen Sinn«, entfährt es dem Friedrich. »Warum sollte Kilian Hintergruber, auch wenn er es sich sicher leisten kann, seinem Sohn finanziell derart unter die Arme greifen und trotzdem den Kontakt zu ihm abbrechen? Jemanden, der in Ungnade gefallen ist, verwöhnt man doch nicht nach Strich und Faden … Wissen *Sie* vielleicht, was zwischen Christian Hintergruber und seinem Vater vorgefallen ist?«

Wieder schütteln beide junge Männer die Köpfe, dieses Mal sogar in beinahe perfekter Synchronität.

Florentin macht schließlich als Erster den Mund auf. »Darüber hat er nie auch nur ein Wort verloren. Wir hätten ein paarmal versucht, ihm auf den Zahn zu fühlen, weil wir ja auch neugierig waren, wieso die beiden ein so seltsames Verhältnis hatten, aber keine Chance. Die Beziehung zu seinem Vater war ein absolutes Tabuthema.«

»Nicht einmal, wenn er betrunken war, haben wir ihm dazu

etwas entlocken können. Das Einzige, was er uns gesagt hat, war, dass Archäologe nicht gerade der Wunschberuf seines Vaters gewesen ist. Also der Beruf, den er sich für seinen Sohn gewünscht hätte. Aber das war's für meinen Vater auch nicht. Ist bei vielen von uns so«, meint der kleine Schwarzhaarige achselzuckend.

»Meine Eltern waren begeistert, als sie gehört haben, dass ich Archäologie studieren will«, protestiert sein WG-Kollege.

Der andere grinst erneut. »Ah geh, deine Eltern, die sind ja kein Maßstab. Also, wie gesagt, mehr wissen wir auch nicht. Dieses gut gehütete Geheimnis hat Christian mit ins Grab genommen, befürchte ich.«

Die Mörderisch, die bis jetzt andächtig zugehört hat, tritt näher an die große Magnetwand heran, die über dem enormen Eckschreibtisch angebracht ist. Unzählige Fotos hängen darauf. Der Friedrich erkennt Christian Hintergrubers Mutter, den Ludwig Donnersbach, die beiden WG-Mitbewohner des Toten, und dann ist da vor allem eine junge Frau.

»Wer ist denn die hübsche junge Dame, die auf jedem zweiten Foto zu sehen ist?«, fragt die Kriminalbeamtin ganz ungeniert.

»Das ist die Kim«, erwidert Oliver gelangweilt.

Der Herr Fesch zückt erneut sein Notizbuch und den Plastikkuli. »Kim? Ist das eine der vielen Flammen von Herrn Hintergruber gewesen?«

Florentin nimmt eines der vielen Fotos, auf denen eine bezaubernde honigblonde Schönheit zu sehen ist, von der Magnetwand und dreht es gedankenverloren in seinen Händen. »Die Kitty war die einzig wahre Flamme in Christians Leben. Die beiden waren sogar verlobt. Dass sie mit ihm Schluss gemacht hat, hat der Christian bis zu seinem viel zu frühen Ende nicht verkraftet.«

Kapitel 15

Zurück in der Sankt Lindenbaumer Polizeidienststelle wartet bereits der Thomas ganz aufgeregt auf die Mörderisch und den Fesch.

»Chef, ich hab eine erste Spur, was die Auspuffblende angeht. Außerdem hat jemand das da für Sie abgegeben. Anonym. Ist vor der Eingangstür auf dem Boden gelegen. Inspektor Fesch steht drauf, schauen Sie!«

Der Friedrich erkennt gleich, dass es sich um eine weitere Botschaft von diesem unbekannten Hobbypoeten handelt. Das gleiche A4-Papier, sorgfältig zusammengefaltet. Wieder alles mit dem Computer geschrieben, allerdings so, dass es beinahe wie eine handschriftliche Nachricht aussieht. Alleine der Grad der Poesie ist dieses Mal ein weitaus geringerer:

Monogamie wird überbewertet.

Inhaltlich hält der Polizeibeamte ja so überhaupt nichts von dieser Aussage. Er ist ein glühender Verfechter der Monogamie, weshalb er damals, als seine Exfrau ihm Hörner aufgesetzt hat, auch sofort einen Schlussstrich gezogen hat. Einen Seitensprung verzeihen, oder noch schlimmer, selbst zur Seite zu springen, das geht für den Friedrich schon alleine aus Prinzip ganz und gar nicht.

»Zeigen Sie schon her, Herr Kollege! Was steht denn da?«, versucht die Mörderisch erst gar nicht, ihre Neugier zu verstecken.

»*Monogamie wird überwertet*«, liest sie leise, als ihr der Herr Fesch den A4-Zettel unter die Nase hält. »Also, sehr poetisch ist das diesmal aber nicht. Rein optisch sieht's allerdings so aus, als würde es sich hier um denselben Verfasser handeln wie beim *Es ist nicht alles Gold, was glänzt*-Zettel. Was meinen Sie?«

Der Friedrich nickt, wobei er intensiv die Enden seines Schnauzbartes nach oben zwirbelt. Seine Gehirnwindungen laufen gerade auf Hochtouren, er versucht, einen inhaltlichen Zusammenhang zwischen den beiden Botschaften herzustellen, und hat da auch schon so eine Idee: »Da geht's um eine Beziehung. *Es ist nicht alles Gold, was glänzt* und *Monogamie wird überbewertet* – irgendjemand will uns mit der Nase darauf stoßen, dass eine Beziehung, ich nehme mal an, unseren Fall betreffend, nicht so stabil ist, wie man denkt.«

»Und warum sollte das jemand tun?«, fragt die Kriminalbeamtin skeptisch nach.

Ein Fesches Schulterzucken ist die Folge.

»Keine Ahnung. Um uns auf die Sprünge zu helfen? Um jemanden anzuschwärzen? Um sich einen Spaß mit uns zu erlauben? Was weiß ich?«

»Also, wenn uns jemand auf die Sprünge helfen wollte, dann würde er doch direkt zu uns kommen und Tacheles reden«, meint die Mörderisch.

»Außer natürlich, die Person möchte nicht erkannt werden und bevorzugt deshalb diese anonyme Vorgangsweise«, widerspricht ihr der Herr Fesch. »Lassen Sie uns überlegen. Um welche Beziehung könnte es gehen?«

Die Kriminalbeamtin fackelt nicht lange. »Ich denke da sofort an Angelika Mitterbacher und Ludwig Donnersbach. Wer weiß, vielleicht hatte das Fräulein Mitterbacher ja auch eine heiße Affäre mit Christian Hintergruber?«

»Oder es geht um die Jessy und ihren René«, überlegt der Friedrich. »Allerdings wissen wir in diesem Fall noch gar nicht offiziell, dass sie eine Beziehung haben, außerdem klingt On-off für mich ohnehin nicht unbedingt nach glänzend.«

»Und wenn es etwas mit Christian Hintergrubers generellem Verhältnis zu Frauen zu tun hat und es in diesen Nachrichten gar nicht um eine bestimmte Beziehung geht? Vielleicht will uns jemand klarmachen, dass unser Mordopfer ein Hallodri war«, meint die Michi Mörderisch, während sie auf ein Whiteboard die Namen aller Beteiligten schreibt und beginnt, Striche zu ziehen.

Der Friedrich rückt seine Nickelbrille zurecht.

»Ich weiß nicht, daran wäre ja nichts Verwerfliches, wenn er zuletzt wirklich Single gewesen ist. Heutzutage sind doch sicher viele junge Leute offen für so ein oberflächliches, kurzweiliges Vergnügen. Wenn das für alle Beteiligten in Ordnung ist, sollte es diesbezüglich ja keine Probleme geben. Für mich wär das zwar nie was gewesen, aber ich denke manchmal ohnehin, dass ich ein Auslaufmodell bin.«

»Ah geh, Sie sind doch kein Auslaufmodell, Herr Kollege, wenn Sie was sind, dann maximal ein Oldtimer. Aber ein eleganter, auf den man gut aufpasst, weil man weiß, was er wert ist«, erwidert die Kriminalbeamtin keck. Dann setzt sie noch nach: »Hab ich übrigens schon erwähnt, dass meine Schwester total auf Oldtimer abfährt?«

Seine heißen Wangen signalisieren dem Friedrich, dass er wieder einmal rot geworden ist, aber er versucht, es gelassen zu nehmen. »Also, mit einem Oldtimer hat mich noch nie jemand verglichen, Frau Kollegin, ich nehm's als Kompliment. Lassen Sie uns weiter überlegen. Wenn uns der Verfasser dieser Botsch…«

Weiter kommt der Sankt Lindenbaumer Polizeibeamte nicht, da das Handy seiner Kollegin plötzlich Sturm läutet.

»Mörderisch! … Aha … Interessant … Ja, schade, kann man nichts machen … Danke! … Bis zum nächsten Mal. Ciao!«

»Es gibt schlechte Nachrichten. Das Blut, das auf dem Inneren der Werwolfsmaske, die Sie gefunden haben, geklebt ist, konnte keinem unserer alten Bekannten zugeordnet werden. Es handelt sich um einen Mann, Blutgruppe A positiv. Wir wissen jetzt also nicht wirklich viel mehr als zuvor«, erklärt die Mörderisch enttäuscht.

Der Friedrich sucht nach einem Kaffeehäferl, um sich einen Kamillentee zu machen. Irgendwie steckt ihm die Novemberkälte gerade in den Knochen. Hoffentlich hat er sich nicht verkühlt. Wenn er jetzt etwas überhaupt nicht brauchen kann, dann eine Erkältung.

Als er endlich fündig geworden ist, sagt er: »Wäre ja auch zu schön gewesen. Aber seien Sie nicht allzu enttäuscht, Frau Kollegin, wir kommen schon noch ans Ziel. Zu einfach soll's ja auch nicht sein. Sonst würde uns eventuell fad. Apropos, Thomas, was hast du über die Auspuffblende herausgefunden?«

Friedrichs junger Kollege strahlt übers ganze Gesicht, weil er sich endlich auch ins Gespräch einklinken kann.

»Ich war gestern Abend im Wirtshaus, um mich ein bisserl umzuhören – undercover sozusagen – und da hab ich mitgekriegt, wie zwei Typen drüber geredet haben, dass der René stinksauer ist, weil er seine neue Auspuffblende verloren hat. Anscheinend hat er irgendeinen anderen mit der Montage beauftragt, und der dürfte das nicht ordentlich gemacht haben. Der René ist jetzt auf alle Fälle doppelt grantig, haben sie gemeint, und dann, glaube ich, auch noch irgendwas über die Jessy gesagt, die Zenzinger Jessy, Sie wissen schon, aber ich hab nicht alles verstanden. Zu auffällig mithören wollte ich nicht, wegen dieser Undercover-Sache. Glauben Sie, das hilft Ihnen trotzdem weiter?«

Jetzt sieht der Thomas den Friedrich derart lobheischend an, dass der gar nicht anders kann, als zu sagen: »Allerdings, das tut es, sogar sehr. Danke, Thomas, und bleib dran!«

»Natürlich, Chef, sobald ich mehr weiß, schreib ich Ihnen einen ausführlichen Bericht.«

Kurz überlegt der Friedrich, ob er sagen soll, dass es mündlich auch reicht, aber dann beschließt er, seinem jungen Kollegen die Freude nicht zu nehmen.

Interessant ist es ja schon, dass schon wieder der Name René gefallen ist. Ob der windige Kerl etwa doch der Donnersbach-Schläger ist oder sogar in der Hintergruber-Sache drinhängt? Da fällt dem Herrn Fesch wieder ein, dass er ja noch ein ernstes Wörtchen mit der Jessy reden muss, weil die ihnen verschwiegen hat, dass sie Christian Hintergruber schon am Vormittag vor der Halloweenfeier kennengelernt hat. Was will sie verbergen und warum?

Während der Friedrich einen Teebeutel in dem altmodischen Häferl, das er gefunden hat, versenkt, ist die Mörderisch immer noch dabei, Striche zu ziehen und Namen aufzuschreiben.

»Hübsch schaut das aus«, meint der Polizeibeamte.

»Das ist ein Soziogramm«, erklärt die Kriminalbeamtin.

Und wieder einmal fragt sich der Herr Fesch, ob es wirklich so rüberkommt, als wäre er auf der Nudelsuppen dahergeschwommen, nur, weil er in Sankt Lindenbaum wohnt und wirkt. Aber weil er keinen Streit anfangen will, spielt er mit. »Interessant. Geben Sie mir bitte Bescheid, wenn Sie mit Ihrem Soziodings fertig sind. Dann möchte ich nämlich unbedingt der Jessy einen kurzen Besuch abstatten. Ich befürchte nämlich, die junge Dame weiß weit mehr, als sie uns erzählt hat.«

*

»Du weißt, wie sehr ich dich schätze, Jessy, nicht nur als Frisörin, sondern auch als Mensch«, beginnt der Friedrich beinahe einfühlsam, »aber eines mag ich gar nicht.«

Er macht eine Pause und sieht die Jessy lange an, was diese

aber nicht zu beunruhigen scheint. Völlig unbeeindruckt wartet sie darauf, dass der Polizeibeamte weiterspricht. Obwohl, völlig unbeeindruckt stimmt nicht ganz, die rechte Augenbraue, die zuckt für einen kurzen Moment ein wenig.

»Also, was ich gar nicht gerne mag, ist, wenn mich jemand für dumm verkauft, Jessy. Lügen, die kann ich überhaupt nicht ausstehen und Halbwahrheiten auch nicht. Deshalb fackle ich jetzt auch gar nicht mehr länger herum: Raus mit der Wahrheit! Warum hast du uns nicht erzählt, dass du den Hintergruber Christian schon am Vormittag vor der Halloweenfeier kennengelernt hast? Und warum hast du uns verschwiegen, dass du mit dem René z'samm bist, zumindest zeitweise, wie ich gehört habe? Was ich übrigens überhaupt nicht verstehe, ist, warum du den René uns gegenüber zur Sprache gebracht hast, nur, um uns dann etwas vorzulügen. Warum hast du ihn nicht komplett unter den Teppich gekehrt, also deine Beziehung zu ihm?«

Zu Friedrichs Verwunderung schweigt die Jessy beinhart weiter. So bockig kennt er sie gar nicht. Eher lustig und ein bisserl redselig.

»Jessy«, bleibt er weiter freundlich. »Uns nichts zu sagen, ist der falsche W…«

»So! Mir reicht's jetzt! Entweder, Sie packen sofort aus, oder wir müssen Sie mit aufs Revier nehmen! Nur, weil Sie dem Herrn Fesch die Haare stylen, heißt das noch lange nicht, dass Sie hier irgendwelche Privilegien genießen!«, platzt es aus der Mörderisch heraus, schärfer, als dem Friedrich lieb ist. Er hat nämlich nicht die geringste Lust, sich eine andere Frisörin zu suchen, und wer weiß, ob die Jessy ihn noch frisiert, wenn die Kriminalbeamtin jetzt so hart mit ihr ins Gericht geht.

»Jessy«, meint er ruhig. »Jemanden wie den René zu schützen, das bringt gar nichts. Der hat sich längst selbst sein Grab geschaufelt. Irgendwann landet er sicher im Gefängnis, bei seinen ständigen Gaunereien. Lass dich doch nicht mit so einem ein, du hast etwas viel Besseres verdient!«

Ein zynisches Lachen entfährt der Frisörin.

»Ha, ja, genau, ich und was Besseres verdient! Danke, Herr Inspektor, aber ich glaube, Sie sind der Einzige, der das so sieht. Denken Sie, ich weiß nicht, was die Leute über mich reden, was sie von mir denken? Ich bin die Ausgeflippte, Wilde, die, die leicht zu haben ist und jeden Blödsinn mitmacht. Seriös, mit Mann, Haus, Kind und Hund, so sieht mich sicher niemand. Der René und ich, das ist doch die perfekte Kombination, zumindest für die Tupfingerin und Co. Ein bisserl wie Bonnie und Clyde, nur nicht ganz so schlimm. Die Tupfingerin, die ist übrigens der Grund, warum ich den René überhaupt erwähnt habe. Ich war mir sicher, dass sie Ihnen steckt, dass wir etwas am Laufen haben. So hätte ich Ihnen weismachen können, dass die alte Schachtel etwas falsch verstanden hat. Dass der René zwar hinter mir her ist oder, besser gesagt, war, ich aber nichts von ihm wissen will. Ja, okay, es stimmt, der René und ich, wir führen das, was man heute eine On-off-Beziehung nennt. Wir können nicht miteinander und ohne einander auch nicht. Natürlich weiß ich, dass er immer wieder das eine oder andere Ding dreht, aber er ist kein schlechter Mensch, wirklich nicht. Er hat's halt einfach nicht leicht gehabt in seiner Kindheit und Jugend. Nie hat jemand an ihn geglaubt, keiner ist für ihn da gewesen. Und wenn wir zwei alleine sind, ist er richtig charmant, den harten Kerl, den lässt er immer nur vor den anderen heraushängen.«

»Das erklärt aber immer noch nicht, warum Sie uns verschwiegen haben, dass Sie Christian Hintergruber schon am Vormittag des 31. Oktobers kennengelernt haben«, drängt die Mörderisch, die nicht unbedingt zu den Geduldigsten zählt.

Die Jessy seufzt und streicht sich eine lange Haarsträhne aus dem Gesicht. »Gut, dann ganz von vorne. Also, wie Sie ja jetzt schon wissen, haben der René und ich so eine On-off-Sache am Laufen. Das liegt aber nicht an mir, sondern an dem René. Ich wäre nämlich der Typ für eine echte Beziehung, mit allem Drum und Dran, auch wenn ich damit beim letzten Mal ziemlich auf die Schnauze gefallen bin. Aber im Grunde bin ich halt eine hoffnungslose Romantikerin. Nur leider klappt's mit der Romantik einfach nicht dauerhaft. Am Tag vor Halloween haben der René und ich uns heftig gestritten, da sind so richtig die Fetzen geflogen, und er hat gemeint, dass jetzt endgültig Schluss ist. Dass er sich das nicht mehr gibt mit mir. Ich war also stinksauer, als mir dann am Vormittag darauf der Hintergruber Christian über den Weg gelaufen ist. Wobei über den Weg gelaufen eigentlich gar nicht stimmt, er war bei uns im Laden und hat sich von mir eine neue Frisur verpassen lassen. Wir haben uns supernett unterhalten, ein bisschen geflirtet, und dann hat er mich gefragt, ob wir uns nicht am Abend treffen wollen. Kurz darauf hat mich der René auf der Straße vor dem Geschäft abgepasst, mir erzählt, wie leid ihm alles tut, und mich angefleht, ihm noch eine Chance zu geben. Ich war aber total angepisst auf ihn, deshalb hab ich gesagt, dass ich jemanden kennengelernt habe, einen coolen Typen, mit dem ich Halloween verbringen werde, weil er ein Werwolfkostüm tragen wird und ich doch so auf Werwölfe stehe.«

»Lassen Sie uns Klartext reden, Sie wollten schlicht und einfach Ihren Freund mit dem Hintergruber Christian eifersüchtig machen«, stellt die Mörderisch trocken fest.

Die Jessy nickt.

»Genau, ich hab mir gedacht, es tut ihm vielleicht gut, wenn er sieht, dass auch andere Interesse an mir haben. Außerdem war der Christian ja wirklich ein sehr fescher Kerl. Und außer ein bisserl Schmuserei ist zwischen uns nichts gewesen.«

Der Friedrich, der schon wieder sein Notizbuch und den Plastikkuli gezückt hat, folgert: »Als du dann erfahren hast, dass Christian Hintergruber gestorben ist, und sich herumgesprochen hat, dass sein Tod kein natürlicher war, hast du befürchtet, dass der René hinter der Sache stecken könnte.«

Wieder nickt die junge Frisörin.

»Genau, ich hab mir gedacht, dass er vielleicht ausgetickt ist, den Christian gestellt hat und eines zum anderen gekommen ist. Dass er ihn umbringen wollte, das glaub ich nicht, aber möglicherweise war's ja ein dummer Unfall.«

»Sie meinen, Christian Hintergruber ist Ihrem Freund eventuell blöd ins Messer gestolpert?«, meint die Mörderisch süffisant.

»Okay, stimmt, das klingt dumm, aber ich weiß, dass der René nie jemanden bewusst töten würde. Ein bisserl z'sammschlagen, ein wenig drangsalieren, das vielleicht, aber zu so was ist er sicher nicht fähig.« Tränen steigen der Jessy in die Augen.

Der Friedrich vermeidet bewusst einen Kommentar in Richtung des Johnnys, Jessys Exfreund, weil er keine alten Wunden aufreißen will. Er hofft, dass die Kriminalbeamtin ähnlich taktvoll vorgeht. Tut sie zum Glück auch.

»Wissen Sie, ob dieser René ein Taschenmesser hat? Eines, das er immer bei sich trägt?«, ist alles, was sie sagt.

Schulterzucken.

»Keine Ahnung. Ein Messer hab ich bis jetzt nie bei ihm gesehen, aber das heißt ja nicht, dass er keines hat. Da müssen Sie ihn schon selbst fragen.«

Schwungvoll klappt der Herr Fesch sein Notizbuch zu.

»Was wir jetzt auch gleich tun werden. Ich nehme an, er ist um diese Zeit in der Arbeit?«

Die Jessy nickt.

»Was macht Ihr Freund denn beruflich?«, will die Kriminalbeamtin wissen.

»Er ist Fleischhauer«, übernimmt der Friedrich das Antworten, »und arbeitet in einem kleinen Laden in Unterlindenbaum. Also, auf geht's, Frau Kollegin, und du, Jessy, versprichst mir, dass du den René nicht vorwarnst! Wenn wir ihn nicht im Geschäft antreffen, weil du ihm etwas gesteckt hast, dann hast du ein Problem, verstanden?!«

»Versprochen.«

Kapitel 16

Als die Mörderisch und der Fesch auf dem Weg nach Unterlindenbaum sind, ist es bereits dunkel. Dunkel und neblig – eine Kombination, die der Friedrich nicht so gerne mag, zumindest, was das Autofahren angeht. Die Mörderisch, die ja bekanntlich Benzin im Blut hat, scheint das aber nicht zu stören. Wie immer nimmt sie die unzähligen Kurven zwischen Sankt Lindenbaum und Unterlindenbaum viel zu rasant, doch der Herr Fesch hat es mittlerweile aufgegeben, vor jeder neuen innerlich ein weiteres *Vaterunser* anzustimmen. Schon alleine, weil es viel zu viele Kurven zwischen Sankt Lindenbaum und Unterlindenbaum gibt und er ohnehin nie weiter als *dein Name* kommt. Er betet jetzt also schon beim Einsteigen ein *Vaterunser* von Anfang bis Ende durch und hofft dann, dass es für die gesamte Fahrt reicht.

»Trauen Sie diesem René einen Mord zu?«, reißt die Kriminalbeamtin den Friedrich aus seinen schutzsuchenden Gedankengängen.

Er überlegt einen Moment, dann antwortet er: »Das ist eine wirklich schwierige Frage, Frau Kollegin, ich weiß es ehrlich nicht. Einerseits ist der René eben dieser typische Kleinkriminelle, fast klischeehaft. Schwierige Kindheit und Jugend, deshalb schon früh mit Dingen wie Ladendiebstahl, Körperverletzung, ein paar minimalen Betrugsgeschichten, massiver Geschwindigkeitsüberschreitung beim Moped- und Autofahren etc. pp. aufgefallen.«

»Nun ja, Letzteres ist aber nicht so schlimm«, kommt ein

Mörderischer Kommentar dazwischen, was dem Friedrich ein Schmunzeln entlockt. Er möchte ja gar nicht wissen, wie viel die Kriminalbeamtin schon fürs Rasen ausgegeben hat. Also so im Strafzettelbereich, nicht auf der Motocross-Rennstrecke, die natürlich auch eines ihrer vielen Zuhause ist.

»Es ist halt so, dass jeder den René kennt und auch jeder weiß, dass er immer mit einem Fuß knapp im Häfen steht, aber so weit gekommen ist es schlussendlich noch nie. Ich glaub aber auch nicht, dass die Leut' wirklich Angst vor ihm haben oder ihm aus dem Weg gehen. Man weiß wahrscheinlich schon, dass es besser ist, sich nicht mit ihm anzulegen, aber komplett unsympathisch oder gefährlich ist er nicht. Ganz im Gegenteil, die Jessy hat's ja schon gesagt, ich bin mir sicher, dass er auch eine äußerst charmante Seite hat. Sonst hätte er doch längst die Arbeit in der Fleischerei verloren. Aber der geht er schon nach, seit er dort mit der Lehre angefangen hat. Also irgendetwas muss er richtig machen, wenn ihn der Xaver, das ist sein Chef, bei sich behält, obwohl er schon die eine oder andere Vorstrafe kassiert hat.« Der Friedrich klammert sich jetzt doch wieder am Griff über dem Beifahrersitz fest. *Vaterunser* hin oder her – sicher ist sicher.

»Diese Körperverletzungssachen. War da auch schon was Schwerwiegendes dabei?«, fragt die Mörderisch nach.

Ein Fesches Kopfschütteln ist die Folge.

»Soweit ich mich erinnern kann, nicht. Prügeleien ja, aber keine wirklich gefährlichen und schon gar nichts in Richtung Messerstecherei oder so. Also, wie gesagt, ich weiß nicht, ob dem René so was zuzutrauen ist oder nicht. Wenn er wirklich in die Jessy verliebt ist und ihn die Sache mit dem Hintergruber Christian rasend eifersüchtig gemacht hat, dann wahrscheinlich schon. Im Affekt passieren ja die schlimmsten Dinge. Glauben Sie eigentlich, dass er in die Jessy verliebt ist? So eine On-off-Beziehung, die klingt für mich jetzt nicht unbedingt nach der großen Liebe. Wenn man jemanden richtig liebt, dann will man doch durchgehend mit ihm zusammen sein, oder nicht?«

Die Mörderisch schüttelt den Kopf.

»Schön wär's. Ich hab so was leider auch schon erlebt. Einer meiner Exfreunde, in den war ich wirklich schwer verliebt und er sicher auch in mich, aber trotzdem haben wir nicht dauerhaft zueinandergefunden. Wir waren wie Feuer und Wasser, haben immer wieder Konflikte gehabt, Streitereien, die uns fertiggemacht haben. Irgendwann haben wir dann beschlossen, dass es ohne einander für beide einfacher ist als mit. Dennoch hat mir diese Entscheidung das Herz gebrochen. So einfach und unkompliziert, wie Sie sich das vorstellen, ist es leider nicht immer mit der Liebe, Herr Fesch. Schon gar nicht, wenn man jung ist.«

Wieder einmal schießen dem Friedrich die Bilder seiner Exfrau mit dem Toni durch den Kopf. Wann hat er behauptet, dass er die Liebe für unkompliziert hält?

»Da, da drüben ist die Fleischerei. Dort ist ein Parkplatz«, lenkt der Polizeibeamte erleichtert vom Thema ab. Mit der Mörderisch über die Liebe diskutieren, das ist das Letzte, was er jetzt möchte.

Die Kriminalbeamtin nimmt nicht die große Parklücke, auf die ihr Kollege gedeutet hat, sondern zwickt sich verkehrt herum in ein enges Loch, als ob alles andere keine Herausforderung für sie wäre. Dann öffnet sie schwungvoll die Fahrertür ihres Wagens. »Fünf vor sechs. So ein Glück, dass ich kein Problem mit dem Schnellfahren habe. Anders wäre sich das jetzt gar nicht mehr ausgegangen.«

Tatsächlich sind in der Fleischerei schon alle damit beschäftigt, sich auf den Ladenschluss vorzubereiten. Alle, das sind der Xaver und seine Frau, die Besitzer des kleinen Geschäftes, das – und das muss sogar der Friedrich als Sankt Lindenbaumer neidlos anerkennen – die besten Frankfurter weit und breit verkauft.

»Grüß dich, Friedrich. Sind dir etwa gar die Würschtel ausgegangen? Du hast doch erst letzte Woche zwanzig Stück gekauft«, wird der Herr Fesch als alter Stammkunde auch sofort freundlich begrüßt.

»Also, zwanzig Frankfurter in einer Woche, das schaff nicht mal ich, Xaver. Nein, nein, zwölf warten noch in der Tiefkühltruhe auf ihren Einsatz. Wir sind wegen was anderem da. Das ist übrigens die Michi Mörderisch. Sie ist Kriminalbeamtin.«

»Guten Tag! Wenn ich schon hier bin, muss ich aber auch probieren, was Sie da so zaubern. Der Herr Fesch schwärmt ja in den höchsten Tönen von Ihren Wurstwaren. Kann ich noch zwei Käswurstsemmerln mit Essiggurkerln haben, oder ist es dafür schon zu spät?«

War ja klar, dass die Kriminalbeamtin in so einer Situation kulinarisch zuschlagen muss. Andererseits haben sie heute wirklich noch nichts Vernünftiges gegessen. Wenn er sich's also so recht überlegt.

»Geh, wenn du schon dabei bist, Xaver, richtest du mir dann bitte ein Semmerl mit Krakauer und extra vielen Gurkerln.«

»Aber sicher«, macht der Fleischhauer sich auch sofort an die Arbeit. »Aber jetzt erklär mir bitte, warum du in Begleitung einer so sympathischen jungen Kriminalbeamtin zu uns ins Geschäft kommst. Wir haben doch nichts angestellt, oder?«

»Ihr hoffentlich nicht«, erwidert der Friedrich schmunzelnd, »aber der René vielleicht. Kannst du ihn mir bitte vorholen? Wir hätten da ein paar Fragen an ihn.«

»Ui, das ist jetzt aber ganz schlecht«, fachmännisch wandert die Käswurst für die Mörderisch in die zwei aufgeschnittenen Semmerln. »Der René, der ist nicht da. Hat sich heute früh krankgemeldet. Irgendwas mit Magen-Darm, glaube ich.«

Die Mörderisch und der Fesch sehen einander an. Beide denken dasselbe. Magen-Darm. Wer's glaubt, wird selig. Auf der Hitliste ihrer Verdächtigen ist der René gerade ein schönes Stückchen nach oben gewandert.

*

Obwohl es momentan jede Menge offene Fragen gibt, haben die Mörderisch und der Fesch beschlossen, diesen Arbeitstag für beendet zu erklären. Natürlich nicht, ohne sich zuvor noch davon zu überzeugen, dass der René keineswegs mit Magen-Darm zu Hause im Bett liegt, sondern untergetaucht ist, weshalb die Kriminalbeamtin ihn vorsichtshalber gleich zur Fahndung ausgeschrieben hat.

Alles andere haben die beiden aber auf den kommenden Tag verschoben, weil es sich mit einem übernächtigten Gehirn eben viel schlechter ermittelt als mit einem ausgeschlafenen.

Jetzt sitzt der Friedrich an seinem Wohnzimmertisch, zwei Fleischknödel mit Sauerkraut vor sich auf dem Teller, und ist wieder einmal sehr froh darüber, dass er in weiser Voraussicht immer ein paar selbst gemachte gefüllte Knödel in der Tiefkühltruhe hat. Übrigens gleich neben den Frankfurtern vom Xaver.

Im Hintergrund plätschert wieder lässige Jazzmusik, was dem Wolfgang und dem Josef so gut gefällt, dass sie diesmal freudig mitplappern.

Während der Friedrich also seine g'schmackigen Knödel genießt und immer wieder mit einem großen Schluck Weizenbier nachspült, denkt er natürlich über den Fall nach. Dass der René den Hintergruber Christian in einem massiven Eifersuchtsanfall erstochen hat, das scheint ihm mittlerweile sehr wahrscheinlich. Aber was hat es dann mit diesen ominösen Nachrichten auf sich? Geht's darin um die Jessy und den René? Das wäre doch komplett überflüssig, wenn sie ohnehin von der

Frisörin selbst wissen, dass sie mit dem Christian fremdgeschmust hat. Außerdem passt die erste Botschaft irgendwie so gar nicht zur Beziehung der beiden. Eine glänzende Beziehung, das klingt, wenn er sich's recht überlegt, eher nach einer schon länger bestehenden, sehr glücklichen, stabilen Zweiergemeinschaft. Vielleicht sogar nach einer Ehe. Das Sauerkraut hätt ein bisserl mehr Süße vertragen, denkt sich der Herr Fesch gerade, als es plötzlich an der Tür klingelt. Eine Tatsache, die die beiden jazzbegeisterten Wellensittiche zu wahren Schimpftiraden anstiftet. Einen Wachhund braucht der Friedrich also wirklich nicht, er hat ja seine beiden Wachvögel.

»Komme schon!«, schreit der Polizeibeamte, als er sich langsam zu voller Größe aufrichtet – und das ist beim Friedrich ja bekanntlich eine ganze Menge – und auf die Tür zuschlurft. Unglaublich, wie ihm die Müdigkeit momentan in den Knochen steckt.

Als er die Haustür aufmacht, fällt dem Herrn Fesch als Erstes auf, dass der Nebel noch dichter geworden ist. Selbst die Straßenlaterne ist nur am schwach milchigen Schein zu erkennen. Als Zweites bemerkt der Friedrich, dass gar niemand vor der Tür steht. Ein Klingelscherz? An einem nebligen Novemberabend? Wenig originell.

Einer inneren Eingebung folgend, richtet der Polizeiinspektor seinen Blick auf die Fußmatte unter sich. Tatsächlich! Ein sorgfältig gefaltetes Blatt Papier liegt darauf. Bevor er es aufhebt, greift der Friedrich nach den Gummihandschuhen, die er in weiser Voraussicht in der Lade des Vorzimmerkasterls deponiert hat.

Wenig später, als er ein mittlerweile relativ kaltes Stück Knödel in seinen Mund steckt und danach das A4-Blatt vorsichtig entfaltet, glühen die Wangen des Herrn Fesch vor lauter Aufregung. Sein Bauchgefühl signalisiert ihm unaufhörlich, dass diese Nachricht genau das ist, worauf er gewartet hat. Dieser eine

Hinweis, der alles gleich viel klarer macht. Dass es sich erneut um eine Botschaft des anonymen Informanten handelt, davon ist der Friedrich nämlich überzeugt. Und tatsächlich, als er die, wie immer mit dem Computer geschriebene, Botschaft liest, fällt es dem Polizeibeamten plötzlich wie Schuppen von den Augen. Jetzt hat er einen ganz konkreten Verdacht, von welchem Paar in diesen Nachrichten die Rede ist und was das mit ihrem Fall zu tun hat:

Ein Herz sagt mehr als tausend Worte.

Kapitel 17

»Da! Da ist es, und Sie hatten recht«, die Mörderisch deutet auf das Herz, das ihr beim letzten Mal schon aufgefallen ist, »S+K. Das heißt, Sie könnten tatsächlich mit Ihrem Verdacht richtigliegen.«

Der Friedrich nickt zufrieden. »Allerdings, auch wenn mir nicht und nicht einfallen will, für wen das S stehen könnte. Aber es ergibt dann doch plötzlich alles Sinn, meinen Sie nicht auch? Das Archäologiestudium, die großzügigen finanziellen Zuwendungen und trotzdem das unterkühlte, um nicht zu sagen, nicht existente Verhältnis.«

»Ja, aber denken Sie wirklich, dass sich Kilian Hintergruber von seinem eigenen Sohn erpressen hat lassen? Und dass man als Sohn seinem Vater so etwas antut?«, bleibt die Kriminalbeamtin skeptisch.

»Warum nicht? Wenn die Beziehung von Grund auf nicht passt und man etwas unbedingt bekommen möchte, das einem sonst sicher verwehrt bleibt. Wieso dann nicht die Situation schamlos ausnutzen, auch wenn es moralisch verwerflich ist?« Dem Friedrich wird bewusst, dass er vielleicht ähnliche Mittel gewählt hätte, wenn ihm so der Zugang zum Gesangsstudium gesichert gewesen wäre.

Die Mörderisch lässt sich auf das Bankerl neben der tätowierten Birke plumpsen und macht eine auffordernde Handbewegung. »Gut, also von vorne, setzen Sie sich zu mir und erzählen Sie mir, wie Sie sich das genau vorstellen!«

Der Herr Fesch tut, wie ihm geheißen.

»Also, ich denke, dass der Hintergruber Kilian und sein Sohn grundsätzlich kein besonders gutes Verhältnis zueinander gehabt haben. Bei unserem Gespräch mit den Hintergrubers hab ich den Eindruck gewonnen, dass der Christian ein bisserl ein Muttersöhnchen gewesen ist. Außerdem hat der Kilian sicher nie allzu viel Zeit für ihn gehabt, so verbissen, wie er seit Jahrzehnten am Erfolg des Familienunternehmens arbeitet.«

»Des Unternehmens, das eigentlich der Familie seiner Frau gehört«, wirft die Kriminalbeamtin ein.

»Genau das ist der Punkt«, fährt der Friedrich fort. »Der Kilian hat in das Unternehmen eingeheiratet. Seine Frau hat also die älteren Rechte. Aber weiter der Reihe nach. Gehen wir also davon aus, dass der Kilian und sein Sohn kein besonders gutes Verhältnis zueinander gehabt haben, und dann wollte der Bub, als einziges Kind, auch noch Archäologie studieren, statt ins Familienunternehmen einzusteigen. Ganz klar, dass er ihm dieses Studium anfangs verwehrt hat.«

»Umso ungewöhnlicher, dass er es ihm dann plötzlich doch ermöglicht und ihn dabei auch noch großzügigst finanziell unterstützt hat«, gibt die Mörderisch erneut ihren Senf dazu.

»Allerdings. Irgendetwas muss vorgefallen sein. Stellen wir uns vor, das K in diesem großen Herzen steht tatsächlich für Kilian. Stellen wir uns auch vor, dass Christian Hintergruber seinen Vater in flagranti bei einem Stelldichein mit einer Dame erwischt hat, deren Namen mit S beginnt. Einer Dame, die folglich nicht seine Ehefrau sein kann.« Man sieht dem Herrn Fesch an, dass ihm diese Schlussfolgerungen Freude bereiten.

Wieder schaut die Kriminalbeamtin skeptisch drein. »Ich weiß nicht, das K in diesem Herz kann genauso gut für zig andere Namen stehen. Wahrscheinlich ist Kilian Hintergruber ein treuer, liebevoller Ehemann, und Sie unterstellen ihm da völlig zu Unrecht die ärgsten Ungeheuerlichkeiten.«

»Aber es muss so sein, mein Bauch ist sich da beinahe sicher«, protestiert der Friedrich, »und es wäre eine Erklärung für das alles! Also die Sache mit dem Studium und dem Geld. Dass Christian Hintergruber seinen Vater erpresst hat, ist die einzig logische Erklärung für das zwiespältige Verhältnis zwischen den beiden. Stellen Sie sich vor, was es für Kilian Hintergruber bedeuten würde, wenn seine Frau erfährt, dass er ihr nicht treu ist. Er würde alles verlieren. *Er* hat in das Familienunternehmen Hintergruber eingeheiratet! Sein beruflicher Erfolg, sein Renommee, sein guter Name in der Branche, das wäre alles dahin!«

»Denken Sie etwa, er würde so weit gehen, für seinen Erfolg, sein Renommee, seinen guten Namen in der Branche seinen eigenen Sohn zu töten?«, hakt die Mörderisch ungläubig nach.

Der Polizeibeamte zuckt mit den Schultern.

»Keine Ahnung. Vielleicht ist der Christian immer unverschämter geworden, hat mehr und mehr gefordert. Möglicherweise hat er gedroht, den Deal trotz der bereits geleisteten Zahlungen platzen zu lassen. Seiner Mutter reinen Wein einzuschenken, weil er längst auf eigenen Beinen stehen konnte. Wäre Kilian zu so einer Tat fähig? Was weiß ich! Ich selbst hab ja keine Kinder, aber wenn ich im Laufe meines Lebens eines gelernt habe, dann, dass es leider jede Menge Leute gibt, für die Geld und Ansehen alles sind.«

Mit ihrer linken Hand über das große Herz, in dessen Mitte die Buchstaben S+K stehen, streichend, meint die Kriminalbeamtin: »Sie glauben also, dass Kilian Hintergruber seinen Sohn am Halloweenabend hierher bestellt hat, eventuell zu einer Aussprache, und dann die Situation eskaliert ist?«

»Genau«, bestätigt der Friedrich. »Vielleicht wollte Kilian sich mit seinem Sohn aussprechen. Ihn davon überzeugen, es bleiben zu lassen, sich wieder zu versöhnen. Möglicherweise hat dann ein Wort das andere ergeben, eventuell ist der Christian auf seinen Vater losgegangen, und der hat sich nur gewehrt.

Wäre doch möglich, dass es sich um Notwehr gehandelt hat. Christian Hintergruber war ein äußerst stattlicher junger Mann, und der Kilian ist auch nicht mehr der Jüngste. Vielleicht war auch Alkohol im Spiel oder eventuell sogar Drogen. Keine Ahnung, sind ja alles nur Vermutungen.«

»Ich hab eine Idee, wie wir Ihrem Verdacht nachgehen können, ohne gleich die Familie Hintergruber damit konfrontieren zu müssen. Sollte an der ganzen Sache nämlich nichts dran sein, bringen wir uns in Teufels Küche, wenn wir die Hintergrubers einfach so mit Ihrer Vermutung konfrontieren. Kommen Sie, besuchen wir die unversiegbare Quelle aller Sankt Lindenbaumer Halbwahrheiten!« Die Mörderisch steht auf und klatscht in die Hände.

»Sie wollen jetzt aber nicht wirklich mit der Tupfinger Martha reden?!«, entfährt es einem entsetzten Herrn Fesch.

Ein Grinsen huscht über das Gesicht der Kriminalbeamtin. »Doch, ganz genau das will ich.«

*

»Danke, dass Sie sich Zeit für uns nehmen, Frau Tupfinger, aber wir brauchen dringend Ihre Hilfe«, beginnt die Mörderisch das Gespräch äußerst charmant, der Friedrich findet, dass sie sogar ein wenig zu dick aufträgt, was den schleimerischen Tonfall angeht.

»Kein Problem, Frau Inspektor, stets zu Ihren Diensten«, erwidert die Tupfingerin nicht weniger zuckersüß. »Wo ich helfen kann, tue ich das natürlich allzu gerne.«

Genau, Tratsch verbreiten, das liegt dir, denkt der Herr Fesch ganz und gar nicht charmant.

»Worum geht's denn eigentlich?« Der üppige Busen der Martha hebt und senkt sich vor lauter Aufregung, was in ihrer hautengen, rosa-türkis-gelb geblümten Bluse deutlich zur Geltung kommt. Von nobler Zurückhaltung hält die Tupfingerin auch in Sachen Styling nichts.

»Wir haben da ein paar Fragen, was den Hintergruber Christian angeht«, beginnt die Mörderisch vorsichtig. »Können Sie uns etwas über ihn erzählen, haben Sie ihn überhaupt gekannt, oder kennen Sie seine Familie?«

Geschickt eingefädelt, schießt es dem Friedrich durch den Kopf.

Einen Moment lang sagt die Martha gar nichts, dann sprudelt es plötzlich aus ihr heraus. »Also, den Christian hab ich nicht wirklich gekannt, aber seine Familie dafür umso besser. Ich mein natürlich nicht in echt, persönlich und so, aber vom Hörensagen her halt. Die Hintergrubers sind ja praktisch Prominente bei uns in der Gegend. Ein Glamourpaar, möcht ich fast sagen.«

Ein zynisches Schnaufen kommt der Tupfingerin aus. »Auf den ersten Blick zumindest. Ich sag ja immer, scheinheilige Verlogenheit, wo das Auge hinblickt.«

Der Friedrich ist plötzlich voll dabei. »Wie meinst du das, Martha?«, fragt er hellhörig nach.

»Na ja, das sieht doch jeder, dass der Kilian kein Kind von Traurigkeit ist. Der brät schließlich alles an, was nicht bei drei auf den Bäumen ist. Allerdings spricht keiner offen darüber. Ich glaube, mit dem Kilian will man sich lieber nicht anlegen. Hat doch Einfluss, der Gute.« Der Martha ist deutlich anzusehen, dass sie dieses Gespräch genießt.

»Du meinst also, der Kilian ist seiner Frau fremdgegangen?«, hakt der Herr Fesch nach, wobei er versucht, seiner Stimme einen entsetzten, ungläubigen Klang zu verpassen.

Die Tupfingerin schaut sich um, als wollte sie sichergehen, dass ihr niemand zuhört, dann flüstert sie: »Von mir hast du das aber nicht, Friedrich, in Ordnung?«

Der Friedrich nickt.

»Also, ich war vor einiger Zeit im Wald spazieren, da hab ich vor mir auf einer Lichtung ein schmusendes Pärchen gesehen. Er war sicher der Kilian, bei ihr hat es sich, glaube ich, um die Sabine gehandelt. Weißt eh, die fesche Blonde, die beim Autohändler in Unterlindenbaum angestellt ist. Ich hab's aber bis heute niemandem erzählt.«

Schau an, die Martha hat tatsächlich ein Gewissen, schießt es dem Herrn Fesch durch den Kopf.

Doch diesen Eindruck trübt die Tupfingerin wieder schnell.

»Hab ja keine Lust, vom Kilian am Ende noch verklagt zu werden, wegen übler Nachrede oder so was. Immerhin legt sich der Kilian gerne mit anderen an und zieht dabei auch ohne ein Wimpernzucken vor Gericht. So was brauch ich wirklich nicht. Ich hab ja schließlich einen Ruf zu verlieren.«

Als ob es da noch viel zu verlieren gäbe.

Die Mörderisch hat genug gehört.

Weitsichtig sorgt sie aber noch dafür, dass die Martha nicht merkt, dass sie ihnen genau die Information geliefert hat, die sie bekommen wollten.

»Gut, gut, nun aber wieder zurück zu Christian Hintergruber. Gibt es also nichts, was Sie uns über den jungen Mann erzählen könnten? Der Christian, sein Leben, seine Beziehungen, das ist es, was uns eigentlich interessiert.«

Zerknirscht schüttelt die Tupfingerin den Kopf.

»Nein, tut mir leid, über den Christian Hintergruber gibt's wirklich nichts zu erzählen, außer, dass alle erstaunt gewesen sind, als er fürs Archäologiestudium in die Stadt gezogen ist. Jeder hätte geglaubt, dass er später einmal das Weingut übernimmt. Aber wer versteht schon, was in den Köpfen der heutigen Jugend vor sich geht. Wenn er wirklich lieber nach alten Münzen und Dinosaurierknochen gräbt, als mit ausgezeichneten Weinen reich zu werden, dann soll er doch. Jeder ist seines eigenen Glückes Schmied.«

»Martha, der Christian ist tot!«, weist der Friedrich die Tupfingerin diesmal ehrlich entsetzt zurecht.

»Ah ja, stimmt, das hab ich jetzt doch glatt vergessen, dass von dem bald auch nur noch die Knochen übrig sind. Eigentlich makaber, findest du nicht, Friedrich? Das Leben ist eben wirklich unberechenbar. Und am Ende ist's für uns alle tödlich.«

»Schade, Frau Tupfinger, dass Sie nicht mehr über den Christian wissen, aber trotzdem vielen Dank für Ihre Zeit. Falls Ihnen noch etwas einfällt, geben Sie uns bitte Bescheid!«, beendet die Kriminalbeamtin nun endgültig das Gespräch.

Marthas Worte hört der Friedrich schon nicht mehr. Er überlegt bereits, wie er den Herrn Hintergruber mit seiner Vermutung konfrontieren soll. Die Euphorie, die er sonst verspürt, wenn er kurz davor ist, einen Täter zu überführen, die bleibt dabei aber leider komplett aus. Zu schmerzhaft findet er den Gedanken, dass der Kilian eventuell tatsächlich den Tod seines eigenen Sohnes verschuldet hat. Von Familiendramen hat er nämlich eigentlich die Schnauze mehr als voll.

*

Die Mörderisch und der Fesch sitzen gerade wieder im Auto der Kriminalbeamtin und wollen zum Haus der Hintergrubers aufbrechen, um vorsichtig ihren gewagten Vermutungen nachzugehen, als plötzlich eine weitere Nachricht eintrudelt. Dieses Mal aber keine ominöse anonyme, sondern eine SMS.

»Wolfram, einer aus meinem Fußballverein, damals in der U15, das ist der Einzige, der mir einfällt. Nachnamen hab ich vergessen«, liest die Michi perplex vor.

»Wie bitte?« Der Friedrich versteht nur Bahnhof.

Auch die Mörderisch braucht einen Moment, bis ihr aufgeht, worum es sich bei dieser ungewöhnlichen Botschaft handelt.

»Ich hab Ihnen doch erzählt, dass ich Herrn Donnersbach in meiner letzten SMS darum gebeten habe, darüber nachzudenken, wem er im Laufe der Jahre so alles die Freundin ausgespannt hat. Anscheinend ist der Einzige, der ihm eingefallen ist, ein Wolfram, der mit ihm in der U15 Fußball gespielt hat.« Die Kriminalbeamtin macht eine kurze Pause, dann ergänzt sie fast ungläubig: »Wolfram, das ist ja zu schön, um wahr zu sein. Das passt perfekt.«

Der Herr Fesch zählt eins und eins zusammen. »Sie denken also, dass dieser Wolfram aus den frühen Fußballjahren des Herrn Donnersbach derselbe Mann ist, der Angelika Mitterbacher nachstellt?«

»Na ja, immerhin unterzeichnet er seine Liebesbotschaften mit Wolf, das würde doch Sinn ergeben, meinen Sie nicht auch?« In unglaublicher Geschwindigkeit tippt die Mörderisch eine Antwort in ihr Handy. Dem Friedrich wird fast schwindelig, als er ihr dabei zusieht. Als die Kriminalbeamtin zeitgleich auch noch beginnt, ihm ihre Gedanken zu diesem Wolfram zu erläutern, ist der Herr Fesch wieder einmal schwer beeindruckt von der Multi-Tasking-Fähigkeit seiner Kollegin.

»Also, ich stell mir das so vor. Dieser Wolfram und Ludwig Donnersbach spielen gemeinsam Fußball. Sie sind in der U15, also noch ziemlich jung, Zeit der ersten Liebe und so. Donnersbach spannt diesem Wolfram seine Freundin aus, vielleicht sogar die allererste, eine, die ihm besonders wichtig ist. Das verkraftet der nie so ganz, eine gewisse Wut auf seinen Rivalen bleibt längerfristig bestehen. Dann, Jahre später, verliebt sich dieser Wolfram in eine junge Frau – die liebreizende Angelika Mitterbacher –, will ihr unbedingt näherkommen, traut sich aber nicht so recht. Er bleibt dennoch an der Sache dran …«

»… stalkt sie«, wirft der Friedrich ein.

»… und dann, als er endlich innerlich dazu bereit ist, einen ersten Schritt zu machen, bemerkt er, dass ein anderer ihm bereits zuvorgekommen ist: Ludwig Donnersbach. Jetzt ist er doppelt frustriert – einerseits kocht die alte Wut wieder hoch, andererseits ist er glühend eifersüchtig auf die Beziehung der beiden frischverliebten Turteltäubchen. Er schmiedet also Rachepläne, schreibt sogar einen Drohbrief, in dem er andeutet, dass er Ludwig Donnersbach fertigmachen wird. Am Halloweenabend zieht er es dann durch, verkleidet als Werwolf, weil er einerseits eine Schwäche für Wölfe hat, andererseits vielleicht auch als Hinweis auf seine Identität. Donnersbach soll schließlich wissen, wer sich an ihm gerächt hat, jedoch ohne Zeugen und wasserdichte Beweismöglichkeiten. Nachdem er seinen Rivalen k.-o. geschlagen hat, haut er so schnell wie möglich wieder ab.« Auf einen Schlag beendet die Kriminalbeamtin das Tippen und das Reden.

»Angenommen, es war wirklich dieser Wolfram, der Herrn Donnersbach geschlagen hat«, geht der Friedrich auf die Folgerungen seiner Kollegin ein, »denken Sie dann, dass er eventuell das eigentliche Opfer der Messerattacke sein hätte sollen? Ist es möglich, dass ihn doch jemand erkannt hat? Dass jemand an ihm Rache üben wollte und aufgrund der identen Kostüme aber leider Christian Hintergruber erwischt hat? Dann wäre dessen Vater ja wieder aus dem Schneider.«

Ein Mörderisches Schulterzucken folgt.

»Keine Ahnung, ich weiß grad' gar nicht, was ich glauben soll. Wer käme für eine Racheaktion an diesem Wolfram dann infrage? Ludwig Donnersbach selbst?«

Sich über seinen Schnurrbart streichend, schüttelt der Friedrich den Kopf.

»Ich denke nicht, dass der nach dieser Schlägerei dazu in der Lage gewesen wäre, einem anderen einen Bauchstich zu verpassen und ihn über das Geländer der Sankt Lindenbaumer Promenade zu drängen, geschweige denn, zu stoßen. Aber Christian Hintergruber vielleicht? Um die Ehre seines besten

Freundes zu retten und weil er das Gefühl gehabt hat, Ludwig während der Schlägerei im Stich gelassen zu haben?«

»Sie meinen also einen Kampf Werwolf gegen Werwolf, bei dem der Herr Hintergruber den Kürzeren gezogen hat«, hakt die Mörderisch skeptisch ein. »Ich weiß nicht, ich denke da eher an Angelika Mitterbachers Vater, der seine Tochter von ihrem verrückten Stalker befreien wollte. So ein bisserl Selbstjustiz, damit hat ja leider der eine oder andere kein Problem.«

Eigentlich möchte der Friedrich seinen Chorleiter nicht schon wieder verteidigen wegen dieser Befangenheits-Sache, aber es geht einfach nicht anders.

»So ein Blödsinn! Und woher hätte der Peter bitte wissen sollen, dass der Stalker seiner Tochter sich zu Halloween als Werwolf verkleidet?«

»Keine Ahnung«, schießt die Kriminalbeamtin verbal zurück. »Vielleicht hat er die Schlägerei bei der Halloweenfeier heimlich beobachtet? Eventuell hat er sich dem lästigen Verehrer seiner Tochter schon vor Ewigkeiten an die Fersen geheftet und nur auf den richtigen Zeitpunkt gewartet? Möglich wäre das durchaus.«

»Also, wenn der Peter von dieser Stalking-Sache gewusst hätte, wäre er garantiert zu mir gekommen. Nie im Leben hätte er Selbstjustiz als Ausweg aus dieser Situation gewählt!«, erwidert der Herr Fesch emotional.

»Und was ist mit Angelika Mitterbacher selbst?«, überlegt die Mörderisch laut. Kurz darauf gibt sie sich selbst die Antwort auf ihre Frage: »Ach, vergessen Sie's! Die wäre körperlich niemals zu so was in der Lage gewesen. Alleine zumindest nicht, aber eventuell gemeinsam mit Ludwig Donnersbach.«

»Der im Rahmen einer Konfrontation mit dem vermeintlichen Stalker an der Stimme seines Freundes erkannt hätte, dass er den falschen Werwolf im Visier hat«, entgegnet der Friedrich blitzschnell.

Pfeilschnelle Reaktion ist auch für die Kriminalbeamtin kein Ding der Unmöglichkeit. »Außer natürlich, es ist gar nicht zu einem Gespräch gekommen.«

»Was äußerst unwahrscheinlich ist«, lässt der Sankt Lindenbaumer Polizeibeamte nicht nach.

Die Mörderisch gibt w. o.. »Was weiß ich?! Lassen Sie es uns langsam angehen! Eines nach dem anderen. Finden wir erst mal heraus, wer dieser Wolfram eigentlich ist und ob es sich bei ihm tatsächlich um Angelika Mitterbachers Stalker handelt. Parallel dazu fühlen wir Kilian Hintergruber auf den Zahn. Außerdem möchte ich auch noch mit Peter Mitterbacher sprechen. Und dann wäre natürlich noch extrem interessant, wohin dieser René verschwunden ist.«

Der Friedrich klatscht in die Hände.

»Jede Menge Arbeit. Gut so! Ich weiß auch schon, wo wir anfangen.«

Kapitel 18

»Friedrich! So eine Überraschung, schön, dich zu sehen! Komm doch rein!« Der erstaunlich fitte Endsechziger macht eine einladende Handbewegung, in der er dann plötzlich innehält. »Wer ist denn die fesche junge Dame, die du mir mitgebracht hast? Doch nicht etwa deine neue Flamme?«

Lachend den Kopf schüttelnd, erwidert der Polizeibeamte: »Nein, das ist Kriminalinspektorin Michaela Mörderisch, aber danke, dass du mir eine Frau von ihrem Format noch zutrauen würdest.«

»Sehr erfreut, Gnädigste«, begrüßt ihr Gastgeber die Mörderisch charmant, »ich hoffe, Sie sind mir nicht böse. War nicht sexistisch gemeint, oder so. Da muss man ja heutzutage noch mehr aufpassen als früher. Aber zu Recht, ist schon gut, dass die Frauen mittlerweile wirklich gleichberechtigt sind.«

Gleich mehrere sarkastische Kommentare hinunterschluckend, schüttelt die Kriminalbeamtin die Hand, die ihr entgegengestreckt wird. Dabei schießt ihr wieder einmal durch den Kopf, dass sie ehrliche, echte Gleichberechtigung der Geschlechter wahrscheinlich nicht mehr erleben wird. Aber unter Umständen wenigstens ihre Töchter oder Enkelinnen, so sie je welche haben sollte.

Während Friedrichs alter Bekannter seine beiden unerwarteten Gäste ins Wohnzimmer führt, meint er: »Kann ich euch was anbieten? Einen Kaffee oder ein Schnapserl? Meine Hilde hat einen himmlischen Apfelstrudel gebacken, mit Äpfeln aus dem eigenen Garten, die sie gleich nach der Ernte eingefroren hat, den müsst ihr probieren. Hilde, machst du uns dreien Kaffee und bringst du uns auch gleich was von dem köstlichen Strudel, bitte!«

So viel zum Thema Gleichberechtigung, denkt die Mörderisch, aber nachdem sie gegen ein Stück Apfelstrudel grundsätzlich nichts einzuwenden hat, sagt sie lieber nichts.

Als alle drei am gemütlichen Wohnzimmertisch sitzen, fackelt der Friedrich nicht lange: »Roland, dich interessiert sicher, warum wir hier sind. Also, es geht um Folgendes. Du hast doch bis zu deiner Pensionierung die Jugend des FC Lindenbaum trainiert, einen Verein aus Unterlindenbaumern und Sankt Lindenbaumern, hab ich recht?«

Friedrichs Bekannter nickt, ein wehmütiges Lächeln im Gesicht.

»Allerdings, und das mit großer Freude und noch größerem Erfolg. Allerdings war ich nur für die U15 und aufwärts zuständig, die Arbeit mit den Kleinen, die hab ich dem Simon überlassen, das war nicht so meines. Manchmal vermisse ich das Leben als Coach schon, aber ich sag immer, alles hat seine Zeit und jeder ist ersetzbar. Man muss wissen, wann man aufhören muss.«

»Kannst du dich aus deiner Zeit als Trainer noch an den Donnersbach Ludwig erinnern?«, arbeitet sich der Friedrich zielstrebig weiter vor. Für sentimentale Erinnerungen haben sie jetzt einfach keine Zeit.

»Ob ich mich noch an den Ludwig erinnern kann? Aber natürlich, er war einer der begabtesten Mittelstürmer, die ich je trainiert habe! Leider hat er dann irgendwann mit dem Spielen aufgehört. Das ist oft so, wenn andere Dinge interessanter werden als der Sport. Du weißt schon, das erste Moped, Partys, die Frauenwelt.« Der alte Bekannte des Herrn Fesch steht auf, um seiner Frau entgegenzueilen und ihr das Tablett aus der Hand zu nehmen. »Danke, mein Schatz, du bist die Beste.«

Schau an, also doch ein Kavalier der alten Schule?, fährt ob dieser Geste ein durchaus versöhnlicher Gedanke durch den Mörderischen Kopf.

Der Friedrich denkt nichts dergleichen, ihm geht es nur darum, endlich Antworten zu finden. Antworten auf die vielen offenen Fragen, die ihn beschäftigen.

»Sag, kannst du dich eventuell auch noch an einen Wolfram erinnern, der mit dem Ludwig gemeinsam in der U15 war?«

Das Strahlen verschwindet aus dem attraktiven Gesicht des Endsechzigers.

»Also, der einzige Wolfram, den ich in meinem Leben trainiert habe, war der Dunkelsteiner Wolfram, und den vergess ich sicher nie.« Eine dramatische Kunstpause folgt.

»Warum?!«, drängt die Michi Mörderisch, einen riesengroßen Bissen Apfelstrudel im Mund und deshalb ein bisserl undeutlich, weil ihr ihre Ungeduld wieder einmal einen Strich durch die Rechnung macht.

»Weil er mir unzählige schlaflose Nächte bereitet hat, der Wolfram. Ich sag nur, extremes Aggressionspotenzial und kaum vorhandene Frustrationstoleranz, keine gute Kombination für einen Fußballspieler. Er war zwar ein einmaliger Goalie, der Wolfram, aber gleichzeitig eine tickende Zeitbombe. Bei dem hat sich von einem Moment auf den anderen ein Schalter umgelegt, und er war nicht mehr zu bändigen. Oft hab ich gar nicht verstanden, was der Auslöser war. Ich hab seinen Eltern dann irgendwann freundlich nahegelegt, ihn eine andere Sportart lernen zu lassen.« Dem Trainer im Ruhestand ist deutlich anzusehen, dass diese Entscheidung ihm nicht leichtgefallen ist.

Der Friedrich rückt seine Nickelbrille zurecht.

»Das heißt, du hast ihn aus dem Team geschmissen?«

»Allerdings, er ist zu einem Sicherheitsrisiko geworden, für unsere Gegner, seine eigenen Teamkollegen und am Ende sogar für sich selbst. Ich war mit meinem Latein am Ende. Aber als

Torwart hat er uns wirklich gefehlt, er war ein Naturtalent. Wieso, was ist denn mit dem Wolfram? Er hat doch keinen Blödsinn gemacht? Ich hab immer befürchtet, dass er irgendwann auf die schiefe Bahn kommt.«

Da ist sie, die Antwort, auf die der Herr Fesch gewartet hat. Stumm genießt er seinen Apfelstrudel, wobei er sich gedanklich auf die Schulter klopft. Seine spontanen Einfälle, die sind halt wirklich immer die besten.

*

»Also, irgendwie muss es Wolfram Dunkelsteiner geschafft haben, sein Aggressionspotenzial so weit zu zügeln, dass er nie mit unseren Kollegen Bekanntschaft gemacht hat.« Die Mörderisch zieht erstaunt die Augenbrauen nach oben. »Keine Vorstrafe, gar nichts. Vielleicht hat er ja eine Therapie gemacht, nachdem er aus der Fußballmannschaft geflogen ist. So ein Antiaggressionstraining kann wahre Wunder wirken.«

»Oder er hat sich bis jetzt einfach geschickt angestellt. Was glauben Sie, wie viele dieser halbseidenen Typen uns immer wieder durch die Finger flutschen, weil sie so aalglatt sind?«, lässt der Friedrich den Realisten raushängen.

»Aber irgendwann erwischen wir jeden, davon bin ich fest überzeugt. Das schlechte Karma, das schlägt zurück, die Gerechtigkeit siegt. Es muss einfach so sein«, kontert die Kriminalbeamtin mit einer gehörigen Portion Idealismus. Weil der Herr Fesch sie nicht frustrieren möchte, übergeht er diese Bemerkung einfach und sagt stattdessen: »Wie auch immer, mein Bauchgefühl ist sich anscheinend hundertprozentig sicher, dass Wolfram Dunkelsteiner unser Mann ist, zumindest, was das Stalking und die Schlägerei angeht. Sollen wir zuerst ihm einen Besuch abstatten und uns dann um Kilian Hintergruber kümmern oder doch anders herum? Mir persönlich wär's ja nicht unrecht, wenn wir uns die Vater-Sohn-Geschichte für den Schluss aufheben. Wenn wir durch ein Gespräch mit Herrn Dunkelsteiner vielleicht schon ein genaueres Bild vom Ablauf des Halloweenabends haben.«

»Sie sind sich anscheinend wirklich sehr sicher, dass Wolfram Dunkelsteiner in der Sache mit drinhängt.«

Der Friedrich deutet wortlos auf seine Körpermitte.

»Ich bin ja eigentlich keine Freundin dieser Bauchgefühlsache, aber in Ihrem Fall mache ich da eine Ausnahme, Herr Kollege.« Die Kriminalbeamtin schnappt sich ihren Autoschlüssel. »Auf nach Unterlindenbaum zu Herrn Dunkelsteiner. Danach geht's zurück nach Sankt Lindenbaum zu den Mitterbachers, und am Ende knöpfen wir uns Herrn Hintergruber vor. Klingt das nach einem guten Plan?«

Dem Friedrich entkommt ein Schmunzeln.

»Allerdings, das tut es. Mein Bauchgefühl wird Sie nicht enttäuschen, Frau Kollegin, versprochen.«

»Ihr Wort in Gottes Ohr, Herr Fesch, Ihr Wort in Gottes Ohr! … Ah, bevor ich's wieder vergesse, ganz was anderes noch: Ich hab bei den Kollegen der Spurensicherung nachgefragt. Am Tatort wurde kein Handy gefunden und beim Toten auch nicht, also hat sich Christian Hintergruber ohne Handy zur Promenade begeben, oder …«

»… sein Mörder hat es ihm nach der Tat abgenommen, um zu verhindern, dass wir erfahren, wer den jungen Mann kurz vor seinem Tod zur Promenade gelockt hat.«

*

Der Nebel legt sich bereits wieder wie ein schützender Schleier auf die Lindenbaumer Landschaft, als sich die Mörderisch und der Fesch Wolfram Dunkelsteiners Zuhause nähern. Seine Adresse herauszufinden, war nicht besonders schwierig, immerhin steht in dieser Gegend noch jeder im Telefonbuch, und der Friedrich dirigiert seine Kollegin zielsicher durch die in der Abenddämmerung liegenden Straßen und Gässchen. Dabei wird ihm bewusst, wie sehr sich die Landschaft im Laufe der letzten Tage verändert hat. Dort, wo noch vor wenigen Wochen alles saftig grün gewesen ist, hängen nun nur noch vereinzelte bunte Blätter an den Bäumen und Weinstöcken. Einzig die vielen Fichten, die halten tapfer die Stellung, egal, wie weit die Temperaturen nach unten gehen. Wie lange es wohl noch dauern wird, bis sie eine weiße Schneehaube tragen werden?

»Frau Kollegin, Sie müssen mich unbedingt im Winter besuchen kommen. Sankt Lindenbaum unter einer dichten Schneedecke, das ist ein Anblick, den Sie nie vergessen werden. Vor allem, wenn die Sonne rauskommt und die Landschaft glitzert wie in einem Wintermärchen. Glauben Sie mir, das zu sehen, ist einen Besuch wert«, platzt es aus dem Friedrich heraus. Was man nicht alles tut, um sich gedanklich von der bevorstehenden Konfrontation mit einem möglichen Verbrecher abzulenken.

Die Mörderisch steigt aufs Gaspedal und antwortet lächelnd: »Unter zwei Bedingungen: Erstens erwarte ich mindestens zwei oder drei Stücke Ihrer selbst gemachten traumhaften Schwarzwälder Kirschtorte, und zweitens bestehe ich auf Begleitschutz in Form meiner Schwester. Eigentlich haben Sie mir nämlich schon nach unserem letzten Fall beides versprochen und bis jetzt keines Ihrer Versprechen eingelöst.«

»Tja, Sie wissen schon, die Wochen verlaufen wie im Flug, ständig ist was zu tun, und auf Ja und Nein ist wieder ein Jahr vorbei. Tut mir leid, dass ich bis jetzt säumig gewesen bin, ich schwöre, dieses Mal vergesse ich nicht auf Sie und Ihre Schwester.« Als ob dem Friedrich das wunderschöne Gesicht der Mörderischen Halbschwester, das er ja eigentlich nur von einem Foto her kennt, je aus dem Kopf gegangen wäre. Aber das braucht die Kriminalbeamtin ja nicht zu wissen. »Wenn wir die Sache hier erledigt haben und wieder ein bisschen Ruhe eingekehrt ist, kommen Sie mich besuchen, mit Ihrer Schwester, am besten in der Vorweihnachtszeit. Der Sankt Lindenbaumer Adventmarkt ist ein Highlight, das man sich nicht entgehen lassen sollte. Viel besser als die großen Christkindlmärkte in der Stadt, frei von Kitsch und Kommerz, aber jede Menge Schnee, Idylle und kulinarische Köstlichkeiten inklusive … Jetzt müssen Sie dann links abbiegen. Weit ist es nicht mehr, bis zu Wolfram Dunkelsteiners Domizil.«

»Domizil, das klingt nicht gerade nach einer kleinen Mietwohnung. Aber immerhin steht der junge Mann schon auf eigenen Beinen und macht es sich nicht mehr im Hotel Mama bequem.« Nur dezent die Geschwindigkeit zurücknehmend und ihren Blinker schlicht ignorierend, tut die Mörderisch, wie ihr geheißen.

»Gut, also bleibt's dabei, Kirschtorte und Adventmarkt im Dezember?«, drängt der Friedrich auf eine fixe Zusage, sich nicht auf ein Gespräch über Muttersöhnchen einlassend.

Die Kriminalbeamtin nickt. »Abgemacht. Kirschtorte, Adventmarkt und große Schwester im Dezember. Ich freu mich dr…«

Mitten im Satz bricht die Mörderisch ab, deutet auf eine stattliche dunkle Gestalt im Nebel, an der sie wenige Sekunden später schon wieder vorbeigerollt sind, und flüstert: »Das war der Dunkelsteiner Wolfram. Ganz sicher. Ich hab sein Gesicht im Schein der Straßenlampe erkannt. Er sieht genauso aus wie auf dem Foto, das wir im Internet gefunden haben.«

»Sie müssen nicht so flüstern«, kann sich der Herr Fesch nicht verkneifen, »er hört uns nicht. Parken Sie den Wagen da, wir gehen ihm nach.«

Beeindruckt vom großen Vertrauen, das der Sankt Lindenbaumer Polizeibeamte in ihre Seh- und Urteilskraft hat, gleitet die Mörderisch elegant in eine Parklücke. Diesmal jedoch nicht rückwärts, weil sie keine Zeit zu verlieren haben.

»Hoffentlich ist er nicht auf dem Weg zu seinem Wagen, wenn er uns mit dem Auto entwischt, müssen wir es morgen noch einmal probieren«, sagt sie, bevor sie die Fahrertür öffnet.

Der Friedrich schüttelt den Kopf. »Nein, sicher nicht. Schauen Sie, die Autos, die zur Wohnanlage gehören, in der er lebt, haben alle einen Parkplatz direkt vorm Haus. Warum sollte er seinen Wagen woanders abstellen? Da wär er doch schön blöd.«

»Also macht er einfach einen Spaziergang im Nebel?«, meint die Mörderisch skeptisch.

»Hat er etwas in der Hand gehabt? Wir sind gerade an einem Briefkasten vorbeigefahren, vielleicht will er ein neues Machwerk an seine Liebste aufgeben.« Vorsichtig öffnet der Herr Fesch die Beifahrertür, weil er seit dem Vorfall auf dem Krankenhausparkplatz Sorge hat, erneut ein fremdes Auto zu touchieren.

Diesmal ist die Kriminalbeamtin beeindruckt von den Adleraugen ihres Kollegen.

»Tatsächlich, da war ein Briefkasten? Ist mir gar nicht aufgefallen. Ob er was in der Hand gehabt hat, weiß ich auch nicht. Ich hab nur aufs Gesicht geschaut. Die breite Nase, der stechende Blick, die Narbe auf der Wange, die dichten Augenbrauen, er sieht ein bisserl aus wie ein Berufsboxer, finde ich.«

Dem Friedrich kommt ein Lachen aus, natürlich ein sehr leises. »Also wirklich, Frau Kollegin, ich dachte, Sie halten nichts von billigen Klischees, als ob alle Boxer gleich aussehen würden. Was mich interessieren würde, ist, wie er an die Mitterbacher Angelika gekommen ist. Auf den ersten Blick sieht es ja nicht gerade danach aus, als hätten die zwei viele Gemeinsamkeiten.«

»Möglicherweise ist er ja doch nicht unser Mann«, raunt die Mörderisch, bevor sie leise die Autotür zudrückt.

Mittlerweile erinnert die Atmosphäre in Unterlindenbaum

vage an einen Horrorfilm: dunkel, nebelig, nur dort, wo der Lichtstrahl der Straßenlaternen das Dunkel durchbricht, ist etwas zu erkennen. Ob die Kriminalbeamtin bei diesen Lichtverhältnissen tatsächlich ihren Mann erkannt hat, den, nach dem sie suchen?

»Tun wir so, als wären wir Vater und Tochter, marschieren wir plaudernd den Gehsteig entlang, in dieselbe Richtung wie der Typ, den ich gesehen habe, in Ordnung?«, schlägt die Michi nun vor. Ein wenig enttäuscht ist der Friedrich schon, dass sie nicht vorgeschlagen hat, sie sollten so tun, als wären sie ein Paar, das hier entlangschlendert, aber sie hat ja recht, ihre Tarnung sollte eine realistische sein. Seiner Kollegin galant den Arm hinhaltend, beginnt er also ein Vater-Tochter-Gespräch.

»Erzähl, Schatz, wie geht's dir so? Was tut sich in der Liebe? Wie sieht's mit Enkelkindern aus? Isst du auch genug?« So ganz kann der Herr Fesch es einfach nicht lassen, die Kriminalbeamtin zu sekkieren.

Die steigt überhaupt nicht auf das Geplänkel ein, weil sie sich nur darauf konzentriert, die Gestalt, die sie im Licht der Straßenlaterne entdeckt hat, wiederzufinden.

»Lassen Sie uns ein bisschen schneller gehen, auch wenn unsere Tarnung dann auffliegt. Ich hab da so ein Gefühl«, meint sie schließlich nervös.

Einen Zahn zulegend, vergeht auch dem Friedrich die Freude am Tratschen. Wenn die Mörderisch einmal ein Bauchgefühl hat, dann beunruhigt ihn das ein wenig. Außerdem sagt ihm die Stimmung zwischen den Straßenlaternen nicht wirklich zu: zu dunkel, zu nebelig, zu gruselig. Nicht, dass er grundsätzlich ein ängstlicher Kerl wäre, aber diese eine Sache, am Ende ihres letzten gemeinsamen Falls, die steckt ihm immer noch in den Knochen. Ob er noch einmal so viel Glück hätte? Auch auf ihn wartet der Sensenmann irgendwo da draußen, aber wenn es geht, möchte er ein Treffen so weit wie möglich hinausschieben, genauso wie die lästigen Zahnarztbesuche, die er immer wieder mit fadenscheinigen Begründungen absagt.

»Da vorne, da ist er! Er hat tatsächlich etwas in der Hand«, murmelt die Kriminalbeamtin aufgeregt, »etwas, das nach einem Brief aussieht.«

»Sollen wir ihn stellen?«, fragt der Friedrich nun zögerlich. Eigentlich sollte er ja wissen, was in einer Situation wie dieser zu tun ist, aber gerade hat er das Gefühl, dass seine Intuition und seine Erfahrung ihn komplett im Stich lassen. Es ist wie verhext. Muss wohl so eine posttraumatische Geschichte sein, Supervision hin oder her. Am Ende ist er halt doch nur ein Mensch.

»Nein«, die Mörderisch schüttelt kaum sichtbar den Kopf, »lassen Sie uns näher an ihn herankommen. Ihre Dienstwaffe haben Sie hoffentlich dabei?«

Mit einem Griff versichert sich der Herr Fesch, dass er an alles gedacht hat.

»Natürlich. Man weiß ja nie, wann man sie vielleicht brauchen kann. Gut, dann gehen wir also näher ran. Erzählen Sie mir doch irgendetwas, damit es natürlicher aussieht. Da, da vorne ist der Briefkasten! Er geht tatsächlich auf den Briefkasten zu.«

Im Schein einer weiteren Straßenlaterne ist deutlich die gelbe Metallbox zu erkennen. Die Kriminalbeamtin löst sich von ihrem Kollegen und eilt auf den Mann, der nun nur noch etwa zehn Meter von ihnen entfernt ist, zu. Dabei schreit sie: »Entschuldigung, könnten Sie uns bitte helfen?!«

Abrupt bleibt der Angesprochene stehen und dreht sich langsam zur Mörderisch um. Sofort erkennt sie, dass sie mit ihrer Einschätzung richtig gelegen ist. Bei dem stattlichen jungen Mann, der ihr nun schon fast gegenübersteht, handelt es sich zu hundert Prozent um Wolfram Dunkelsteiner.

»Mein Vater, ihm ist nicht gut. Er wartet dort hinten auf

mich. Haben Sie vielleicht ein Handy dabei?« In der Kriminalbeamtin schlummert ein beachtliches Schauspieltalent.

»Handy? Ja, sicher«, erwidert der junge Mann überraschend freundlich. Auch sehen seine Gesichtszüge aus der Nähe viel weicher aus, als die Mörderisch bis jetzt angenommen hat.

»Soll ich die Rettung rufen?«, erkundigt sich Wolfram Dunkelsteiner hilfsbereit.

»Ich weiß nicht, ob das nötig ist. Vielleicht reicht ja auch ein diensthabender Arzt. Könnten Sie für mich bitte googeln, ob einer der Ärzte hier in der Umgebung heute noch Ordination hat?«

Die Mörderisch hofft inständig, dass es außer der Frau Doktor Weißinnger auch noch andere Ärzte in der Lindenbaumer Region gibt. Sonst steht sie jetzt ziemlich blöd da.

Tatsächlich zieht Wolfram Dunkelsteiner nun eine Augenbraue nach oben. Außerdem hat er seinen Blick weg von der Kriminalbeamtin auf den Gehsteig hinter ihr gerichtet. Und dann ändert sich sein Gesichtsausdruck plötzlich dramatisch. Der Mörderisch schwant Böses.

»Verdammt, der Fesch«, murmelt der junge Mann, dann dreht er sich um und beginnt zu laufen. In einer Geschwindigkeit, als wolle er einen Kurzstreckensprint gewinnen.

»Schnell, rennen Sie ihm nach!«, plärrt der Friedrich, wohl wissend, dass er erst gar nicht zu versuchen braucht, den jungen Mann einzuholen. Aber auf die Kriminalbeamtin, die nun »Kriminalpolizei! Bleiben Sie sofort stehen!« schreiend hinterherhetzt, auf die vertraut er sogar in dieser Sache.

Kapitel 19

Atemlos sieht der Friedrich dabei zu, wie die Mörderisch Wolfram Dunkelsteiner immer näher kommt. Atemlos deshalb, weil er selbst in etwas verfallen ist, was man durchaus als Laufschritt interpretieren könnte, zumindest, wenn man das Alter und die allgemeine Fitness des Herrn Fesch berücksichtigt.

Zum Glück ist die Kriminalbeamtin nicht nur motorisiert eine der Schnellsten ihrer Zunft, sondern auch zu Fuß, was die Sache für den Verfolgten alles andere als leichtmacht. Auch wenn oder vielleicht gerade weil sie im Vergleich zu dem stattlichen jungen Mann ein äußerst zierliches Wesen ist, macht sie einen Meter um den anderen wett.

»Ich warne Sie zum letzten Mal! Bleiben Sie stehen, Herr Dunkelsteiner! Zwingen Sie mich nicht dazu, meine Waffe zu ziehen!«, ertönt jetzt auch ihre Stimme mit einer beinahe unerwarteten Dominanz.

Natürlich weiß der Friedrich, dass die Kriminalbeamtin in dieser Situation, bei der momentan nicht besonders dichten Beweislage, nie ihre Dienstwaffe einsetzen würde, aber ein wenig Einschüchterung kann ja nicht schaden.

»Wenn Sie Christian Hintergruber getötet haben, dann stehen Sie auch dazu!«, versucht es die Mörderisch nun auf einem anderen Weg. Etwas, das besser zu fruchten scheint als die Drohung mit der Waffe.

Abrupt bleibt Wolfram Dunkelsteiner stehen, dreht sich zu der Kriminalbeamtin um und erwidert entsetzt: »Wovon sprechen Sie?! Ich hab doch nichts mit dem Tod vom Christian zu tun!«

Mehr braucht es nicht, um das Bauchgefühl des Herrn Fesch in eine neue Richtung zu lenken. Ihren Mörder haben sie hier nicht vor sich, dazu hat diese spontane Aussage viel zu ehrlich geklungen.

»Geben Sie den Brief her«, fackelt die Mörderisch nicht lange, »und dann die Hände hoch! Kommen Sie ja nicht auf dumme Gedanken! Wenn Sie uns davon überzeugen wollen, dass Sie nichts mit dem Mord zu tun haben, dann kooperieren Sie besser!«

Perplex reicht Wolfram Dunkelsteiner der Kriminalbeamtin den Brief. Dann hebt er, wie verlangt, gehorsam die Arme.

»Ich hab dem Christian wirklich nichts getan«, sprudelt es danach aus ihm heraus, wobei der Friedrich erstaunt feststellt, dass der junge Mann trotz seiner Größe und Statur kein Bass ist, sondern eher schon am Tenor kratzt. Ungewöhnlich.

Triumphierend hält die Mörderisch ihrem Kollegen das Kuvert unter die Nase.

»An Frau Angelika Mitterbacher, Sie hatten tatsächlich recht.«

Der Herr Fesch räuspert sich und fährt sich mit der Hand über seinen Schnauzbart. »Sie wissen aber schon, dass das, was Sie da mit der Angelika veranstalten, an Stalking grenzt, Herr Dunkelsteiner? Und schwere Körperverletzung, die ist auch nicht ohne, aber immerhin noch besser als Mord oder Totschlag. Also, geht schon, reden Sie! Wenn Sie in der Donnersbach-Sache geständig sind und uns auch, was den Mord am Christian angeht, unterstützen, dann können wir vor Gericht vielleicht ein gutes Wort für Sie einlegen.«

Nun lässt der junge Mann mit einem Mal alles hängen, er fällt sprichwörtlich in sich zusammen.

»Ich wollt der Angelika wirklich keinen Schrecken einjagen,

aber sie ist für mich bestimmt, das weiß ich, seit ich sie zum ersten Mal gesehen habe. Damals, während dem Kellergassenfest bei uns im Ort. Ich hab Gott und die Welt in Bewegung gesetzt, um ihren Namen zu erfahren, sie anzusprechen, das hab ich mich nicht getraut. Wissen Sie, es war Liebe auf den ersten Blick, mit allem, was dazugehört. Ich hab sie einfach nicht mehr vergessen können. Schön langsam wollte ich ihr Herz erobern, Schritt für Schritt, wie sich das für einen echten Gentleman gehört. Mit Blumen und Briefen und allem Drum und Dran. Und dann, als ich endlich so weit war, als ich mich endlich getraut hätte, ihr meine Liebe offen zu gestehen, da seh ich sie mit dem Donnersbach Ludwig. Hand in Hand, verliebt, küssend. Das hab ich einfach nicht verkraftet. Der Typ, der hat mir schon die Ines ausgespannt. Meine erste Freundin, damals, als wir gemeinsam Fußball gespielt haben. Und dann hat er mich ständig damit aufgezogen, immer so, dass es keiner mitbekommen hat, ich aber der Böse war, wenn ich schließlich ausgezuckt bin. Sogar aus der Mannschaft haben sie mich damals geworfen. Alles nur wegen diesem arroganten Ludwig, der schon immer geglaubt hat, was Besseres zu sein. Dass er jetzt auch noch die Angelika bekommt, diesen Gedanken, den hab ich einfach nicht verkraftet. Ich hab mich doch irgendwie wehren müssen. Ich wollt nicht schon wieder den Kürzeren ziehen, nur, weil ich nicht so raffiniert bin wie er. Also hab ich mir überlegt, wann und wo ich ihm am besten eine Abreibung verpassen kann, ohne dass man mir auf die Schliche kommt. Nachdem ich ihn und Angelika schon länger genau beobachtet habe, hab ich mitbekommen, dass sie planen, sich zu Halloween zu verkleiden, sich zu treffen und gemeinsam etwas zu unternehmen. Ich hab mir also im Internet ein Werwolfs-Kostüm besorgt und mich dann an Ludwigs Fersen geheftet. Als ich dann gesehen habe, dass einer seiner Freunde das gleiche Kostüm trägt wie ich, hab ich gewusst, dass ich nur den richtigen Moment abwarten muss und dann vielleicht wirklich ungeschoren davonkomme, wenn ich ihm eine Abreibung verpasse. Weil ja jeder glauben würde, dass sein eigener Freund auf ihn losgegangen ist. Ich weiß, dass ich das nicht sagen sollte, aber dem Ludwig sein schönes, arrogantes Schnöselgesicht ein bisserl zu verunstalten, das hat mir die Genugtuung gebracht, nach der ich mich schon so lange gesehnt habe. Als diese Zombietypen dann eingeschritten sind, hab ich einfach nur geschaut, dass ich mich möglichst schnell wieder vom Acker mache. Ich bin zu Fuß geflüchtet, durch den Wald, rund um den See. Dort hab ich auch die Werwolfsmaske entsorgt, weil ich so schlecht Luft damit bekommen und darunter geblutet habe.«

»Ich weiß, in einem Mistkübel, ich hab sie gefunden«, wirft der Friedrich ein.

»Oh, dann ist es ja umso besser, dass ich Ihnen ehrlich die Wahrheit sage. Ich hab aber sowieso schon überlegt, ob ich mich stellen soll. Das schlechte Gewissen, das hat mich fertiggemacht.«

»Wissen Sie irgendetwas über die Hintergruber-Sache?«, hakt die Mörderisch unbeeindruckt nach.

»Nein, tut mir leid, damit hab ich wirklich nichts zu tun. Ich bin dann, nachdem ich mich im Wald versteckt habe, irgendwann wieder zu meinem Auto gegangen, um nach Hause fahren zu können. Da war vor dem Sankt Lindenbaumer Gemeindesaal schon nichts mehr los. Vom Hintergruber Christian hab ich überhaupt nichts mitbekommen. Ich hab ja gar nicht gewusst, dass er der andere Werwolf gewesen ist. Erst als ich in der Zeitung von seinem Tod gelesen habe, hab ich eins und eins zusammengezählt. Ich hab dann, ehrlich gesagt, einen ziemlichen Schrecken bekommen, weil ich ja das gleiche Kostüm getragen habe wie er. Mir ist dann plötzlich der Gedanke gekommen, dass eventuell ich das Opfer dieser Messerattacke sein hätte sollen. Glauben Sie, das wäre möglich?«

»Möglich ist alles«, entgegnet die Kriminalbeamtin trocken. »Fällt Ihnen denn jemand ein, der eventuell einen Grund gehabt haben könnte, Ihnen ein Messer in den Bauch zu rammen?«

»Da gibt's nur zwei, die mir einfallen«, lautet die verblüffend rasche Antwort, »entweder der Ludwig, aber der war zu k.-o. nach unserer Schlägerei, oder der Herr Mitterbacher.«

»Angelikas Vater?«, entfährt es dem Friedrich entsetzt.

Wolfram Dunkelsteiner nickt. »Ja, er hat mich einmal dabei erwischt, wie ich der Angelika eine Rose unter die Scheibenwischer ihres Autos geklemmt habe. Er hat mir gedroht, dass er mich fertigmacht, wenn ich seine Tochter nicht in Ruhe lasse. Anscheinend hat er meine Briefe gefunden. Seine Worte werd ich nie vergessen: *Wenn du meine Kleine nicht in Frieden lässt, dann gnade dir Gott!* Aber ich hab's nicht geschafft, mich von ihr fernzuhalten, ich hab's einfach nicht geschafft.«

*

Als die Mörderisch und der Fesch endlich den Dunkelsteiner Wolfram versorgt haben – immerhin hat er ihnen die schwere Körperverletzung gestanden –, ist es später Abend. Weil sie die Frau Zenzinger um diese Uhrzeit nicht mehr kulinarisch belagern wollen und auch der Friedrich absolut keine Lust aufs Kochen hat, beiden jedoch die Mägen in den Kniekehlen hängen, machen sie einen Abstecher ins Sankt Lindenbaumer Wirtshaus.

»Ich nehm eine Kürbiscremesuppe, die gebackenen Champignons und ein Stück Punschtorte«, ordert die Kriminalbeamtin vom Fleck weg ein ganzes Menü.

»Für mich das Gleiche, bitte«, schließt sich der Friedrich an, einfach, weil er zu müde ist, um lange zu überlegen. Zu müde und zu sehr erschlagen von den neuen Entwicklungen in ihrem Fall.

»Wir laden beide vor. Den Herrn Mitterbacher und den Herrn Hintergruber. Sie sollen morgen Vormittag zu uns auf die Dienststelle kommen und ihre Taschenmesser mitnehmen. Ich kümmere mich dann um Ihren Chorleiter, damit nachher ja keiner sagen kann, Sie hätten ihn bevorzugt behandelt, und Sie sich um den Vater unseres Toten. Wir zeichnen die Gespräche auf, dann sollte es keine Probleme geben. So schlagen wir, zumindest, was das Zeitliche angeht, zwei Fliegen mit einer Klappe.« Die Mörderisch nimmt einen großen Schluck ihres alkoholfreien Biers. Eigentlich sind sie zwar nicht mehr im Dienst, aber einen klaren Kopf brauchen sie jetzt trotzdem beide.

Weshalb der Friedrich sich nun auch der alkoholfreien Variante seines Lieblingsgetränks widmet, bevor er erwidert: »Ich will einfach nicht glauben, dass es einer der beiden gewesen ist. Der René, der erscheint mir als Täter viel wahrscheinlicher. Seine Flucht könnte man doch fast als Schuldeingeständnis deuten.«

Der Mörderische Gesichtsausdruck verdunkelt sich.

»Herr Kollege, ich möchte nicht pedantisch wirken, aber Sie wissen doch genau, dass wir jedem Verdacht nachgehen müssen, ganz egal, was wir glauben wollen ... Von Jessys Freund gibt's übrigens noch nichts. Spurlos verschwunden. Sie haben schon recht, unverdächtig ist das nicht gerade. Aber Sie müssen auch zugeben, dass Herr Dunkelsteiner Angelika Mitterbachers Vater mit seiner Aussage schwer belastet hat. Nur unsere Vermutung, was den Vater des Toten angeht, ist wirklich vage. Es hätte auf alle Fälle jeder der drei sein können. Sie wissen doch genauso gut wie ich, dass der Mensch im Affekt zu den schrecklichsten Dingen fähig ist. Am besten, wir ...«

Die Kriminalbeamtin bricht ab, weil der Kellner sich dem Tisch der beiden nähert, zwei dampfende Schalen in den Händen.

»Zweimal die Kürbiscremesuppe. Guten Appetit.«

Stumm genießen die Mörderisch und der Fesch ihre Suppen und danach auch noch den Rest des opulenten Mahls. Über den Fall fällt kein Wort mehr. Beide hoffen, dass der nächste Tag endlich Klarheit bringen wird. Nicht nur, was das Sankt Lindenbaumer Herbstwetter angeht.

Kapitel 20

»Was soll der Scheiß, Friedrich?! Du glaubst doch nicht wirklich, dass ich etwas mit der Sache zu tun habe?!« Peter Mitterbacher sprüht vor Wut, als er in der Polizeidienststelle Sankt Lindenbaum eintrifft. Es fällt dem Friedrich nicht leicht, ihm ins Gesicht zu sehen, als er antwortet: »Was ich glaube, spielt keine Rolle, Peter.«

»Haben Sie Ihr Taschenmesser mitgebracht, Herr Mitterbacher?«, übernimmt die Mörderisch streng. Sie hat naturgemäß nicht das geringste Problem damit, den Sankt Lindenbaumer Männerchorleiter mit Blicken zu löchern.

»Sicher, warum auch nicht. Hier, bitte schön, ich hab nichts zu verbergen.« Herausfordernd streckt Peter Mitterbacher der Kriminalbeamtin das Taschenmesser entgegen. Es handelt sich um ein gängiges Modell einer bekannten Marke, nichts Außergewöhnliches, kein Messer für Liebhaber der Schnitzkunst. Auch wenn er es nicht möchte, durchschwappt den Herrn Fesch eine Welle der Erleichterung. So abgebrüht ist der Peter nicht, dass er der Mörderisch leichtfertig eine Mordwaffe aushändigt, ohne mit der Wimper zu zucken. Er sagt wahrscheinlich die Wahrheit, hat tatsächlich nichts zu verbergen. Hoffentlich. Mit einem Mal wird dem Polizeibeamten bewusst, dass es ganz gut ist, dass die Mörderisch die Einvernahme übernimmt. Ganz unvoreingenommen ist er anscheinend tatsächlich nicht, was den Peter angeht.

»Wenn Sie mir bitte folgen, Herr Mitterbacher!«, macht die Kriminalbeamtin auch gleich klar, wo der Hammer hängt.

Seinem Freund einen Blick zuwerfend, der irgendwo zwischen Entsetzen, Panik und Wut liegt, folgt der Chorleiter der Mörderisch.

Zum Glück erscheint nur Sekunden später der Hintergruber Kilian, das lenkt den Friedrich von seinen Gewissensbissen ab. Von den Gewissensbissen, die zwar unangebracht, aber dennoch äußerst unangenehm sind.

»Herr Fesch, was soll das?! Sie glauben doch nicht wirklich, dass ich meinen eigenen Sohn getötet habe?!«, lautet die unfreundliche Begrüßung des Winzers.

»Was ich glaube, spielt keine Rolle.« Der Herr Fesch kann sich des Déjà-vu-Gefühls nicht erwehren. »Haben Sie Ihr Taschenmesser mitgebracht, Herr Hintergruber?«

Der Vater ihres Toten läuft rot an, sammelt sich jedoch schnell wieder und geht dann in den Angriff über: »Ich hab kein Taschenmesser! Und wenn Sie mir blöd kommen, dann ruf ich meinen Anwalt an!«

Den zweiten Kommentar ignoriert der Friedrich, statt auf ihn einzugehen, entgegnet er: »Interessant, und womit haben Sie dann das Herz in den Stamm der Birke auf der Sankt Lindenbaumer Promenade geritzt? Sie wissen schon, die Birke neben der Parkbank. Es ist ein besonders schönes Herz, gleichmäßiger und größer als alle anderen, und die Buchstaben S+K sind wunderbar zu erkennen.«

Touché! Man muss kein Profiler sein, um zu erkennen, dass der Herr Fesch ins Schwarze getroffen hat.

»W…woher wissen Sie das?«, stammelt Kilian Hintergruber entsetzt.

Nur schwer kann sich der Friedrich ein Lächeln verkneifen. Er mag es, wenn die Leute ihn für dümmer halten, als er wirklich ist, und er sie schließlich überraschen kann. Betont freundlich antwortet er: »Setzen Sie sich doch! Eines nach dem anderen, ganz in Ruhe.«

*

»Ich hab nichts getan! Warum sollte ich auch?! Ich hab den jungen Mann, der da auf der Promenade gestorben ist, ja gar nicht gekannt!« Von ruhig und sachlich ist Peter Mitterbachers Ton weit entfernt.

Die Mörderisch fackelt nicht lange. Ein wenig zynisch schießt sie zurück: »*Wenn du meine Kleine nicht in Frieden lässt, dann gnade dir Gott!*, das ist gefährliche Drohung, Herr Mitterbacher. Nichts getan haben Sie also auf alle Fälle nicht. Herr Dunkelsteiner hat an diesem Abend dasselbe Kostüm getragen wie Christian Hintergruber. Das wussten Sie nur leider nicht. Sie haben den Falschen erwischt! Dass gerade Sie den Toten gefunden haben, ist schon ein seltsamer Zufall, wenn Sie mich fragen.«

Der Sankt Lindenbaumer Chorleiter wird leichenblass.

»Ich hab das ja nur im Affekt gesagt. Dieser Dunkelsteiner, er will meine Kleine einfach nicht in Ruhe lassen. Stalking ist das! Ich hab Angst um sie, verstehen Sie das nicht?! Sie ist mein einziges Kind!«

»Selbstjustiz, Herr Mitterbacher, ist nie die richtige Lösung«, erwidert die Kriminalbeamtin kühl. »Sie hätten doch nur Ihrem Freund Bescheid geben müssen. Der Herr Fesch hätte sich um diese Stalking-Sache gekümmert, und Sie hätten sich keine Sorgen mehr um Ihre Tochter machen müssen. Das wäre der korrekte Weg gewesen, um Ihre Angelika zu schützen, Herr Mitterbacher, das wissen Sie genauso gut wie ich!«

»Haben Sie Kinder?«, kontert der Chorleiter mit einer Frage.

»Das geht Sie zwar nichts an, aber nein«, antwortet die Kriminalbeamtin ehrlich.

»Wenn Sie Kinder haben, dann werden Sie vielleicht verstehen, warum mir das rausgerutscht ist. Den Friedrich einschalten, das wäre natürlich eine Lösung gewesen, aber so einfach ist das nicht. Die Angelika, die weiß ja gar nicht, dass ich von ihrem Stalker weiß. Wenn ich den Friedrich eingeschaltet hätte, hätte er mit ihr über die Sache gesprochen, und alles wäre aufgeflogen.«

Die Mörderisch zieht die Augenbrauen nach oben. »Was genau meinen Sie mit ‚alles'?«

»Na ja, dass ich ihr nachspioniert habe. Meiner eigenen Tochter. Ich hab das gemacht, um sie zu schützen, aber das wäre ihr sicher egal gewesen, wenn sie erfahren hätte, dass ich die Briefe gefunden habe. In ihrem Zimmer. Dass ich ihr heimlich gefolgt bin, um den Stalker auf frischer Tat zu ertappen. Das hätte sie mir nie verziehen.« Peter Mitterbacher steht die Scham ins Gesicht geschrieben. Was er getan hat, ist ihm mehr als peinlich.

»Und zu Recht. So was tut man auch nicht! Ihre Tochter ist ja kein kleines Kind mehr, Herr Mitterbacher, Sie hätten ihr vertrauen müssen. Irgendwann hätte sie sicher Ihre Hilfe gesucht.« Die Kriminalbeamtin schiebt das Aufnahmegerät, das zwischen ihnen liegt, ein bisschen nach links.

Der Verdächtige nickt betroffen.

»Sie haben ja recht. Mit allem, was Sie sagen, aber glauben Sie mir, ich hab's wirklich versucht. Ich schaffe es einfach nicht. Zu akzeptieren, dass meine Kleine erwachsen wird und ich darauf vertrauen muss, dass sie auch alleine ihren Weg geht, ohne dass etwas Schlimmes passiert, das ist um einiges schwieriger, als ich gedacht hätte. Ich hab ständig solche Angst um sie. Nur deshalb war ich auch am Halloweenabend unterwegs, um sie zu suchen. Nur deshalb habe ich die Blutspuren entdeckt. Wann hätte ich denn bitte außerdem Zeit haben sollen, um mich umzuziehen, mir das Blut abzuwaschen … Fragen Sie den Friedrich, ob ich auf ihn den Eindruck gemacht habe, als ob ich gerade jemanden getötet hätte. Ich hab einfach nur verzweifelt meine Kleine gesucht, weil ich geglaubt habe, dass ihr etwas passiert ist. Nicht mehr und nicht weniger.«

*

»Geheimer Informant? Das ist sicher mein Neffe. Er kann's gar nicht erwarten, endlich das Weingut zu übernehmen. Nachdem mein Sohn ja jetzt fix ausfällt als möglicher Erbe, muss er nur noch mich loswerden, und schon hat er, was er will«, murmelt Kilian Hintergruber verbittert.

»Ihr Sohn hätte das Unternehmen doch ohnehin nie übernommen«, entgegnet der Friedrich trocken, »als Archäologe.«

Kilian Hintergruber macht eine wegwerfende Handbewegung. »Ach, lassen Sie mich bloß mit diesem vermaledeiten Studium in Ruhe! Keine Ahnung, was meinen Sohn geritten hat, als er sich dazu entschieden hat. Wozu hab ich ihn denn die Höhere Lehranstalt für Landwirtschaft besuchen lassen? Mit Auszeichnung hat er dort maturiert, talentiert war er, Interesse am Betrieb hat er gehabt. Aber von einem Moment auf den anderen hat er sich plötzlich umentschieden. Irgendjemand hat ihm den Floh mit diesem Archäologiestudium ins Ohr gesetzt. Ich hab wahrlich alles versucht, um ihn von dieser Idee abzubringen. Hab's ihm sogar verboten.«

»Bis er Wind von Ihrer Affäre bekommen hat und Sie damit erpressbar geworden sind, habe ich recht?«, wirft der Herr Fesch ein.

Der Vater des Toten nickt langsam. »Affäre ist das falsche Wort. Die Sabine, die ist meine Jugendliebe. Ich hab sie irgendwann aus den Augen verloren, und als ich sie dann vor ein paar Jahren wiedergetroffen habe – sie hat mich gesucht, ist extra wegen mir nach Unterlindenbaum gezogen –, hab ich sofort gemerkt, dass die Gefühle genauso stark sind wie früher. Verstehen Sie mich nicht falsch, ich schätze meine Gattin sehr, aber unsere Ehe, die war von Anfang an eher so etwas wie eine Zweckgemeinschaft. Zumindest für mich. Ich hab wirklich versucht, mich gegen meine Gefühle zu wehren, aber unmöglich. Keine Chance. Also haben wir uns getroffen, die Sabine und ich, ganz still und heimlich, immer so weit wie möglich von Unterlindenbaum entfernt. Geschäftsreisen hab ich vorgetäuscht, das war ja kein Problem für mich und eine absolut plausible Entschuldigung für meine häufigen Kurztrips. Was mich dann an diesem einen Abend dazu getrieben hat, mich in Sankt Lindenbaum mit Sabine zu treffen, das weiß ich bis heute nicht. Sie wollte unbedingt, dass ich unsere Initialen in den Stamm der Birke ritze, weil ich das Gleiche schon damals, in unserer Jugend, dort gemacht habe, wo wir beide her sind. Auch in eine Birke neben einer Parkbank. Ich wollt der Sabine die Freude machen und hab gehofft, dass mitten in der Nacht niemand auf der Sankt Lindenbaumer Promenade unterwegs ist. Leider hab ich die Rechnung ohne meinen eigenen Sohn gemacht. Er hat selbst irgendein Mädchen dorthin abgeschleppt und gesehen, wie ich die Sabine geküsst habe. Stellen Sie sich vor, er hat so getan, als würde er mich nicht kennen, ist mit seiner Freundin irgendwo anders hingegangen. Ich hab gehofft, dass er mich vielleicht wirklich nicht erkannt hat oder es einfach bleiben lässt, um unsere Beziehung nicht zu zerstören, aber weit gefehlt. Als ich nach Hause gekommen bin, hat er mich an der Haustür abgefangen und mir klipp und klar gemacht, dass ich besser einem Archäologiestudium zustimmen sollte, wenn ich nicht alles verlieren möchte. Eine großzügige monatliche Finanzspritze inklusive. Was hätte ich denn tun sollen? Wenn ich nicht zugestimmt hätte, hätte er alles meiner Frau erzählt. Was soll ich sagen, wir haben einen Ehevertrag, eine Scheidung wegen meiner Untreue, die hätte mich alles gekostet. Also hab ich zugestimmt. Können Sie sich vorstellen, wie enttäuscht ich von meinem Sohn war? Seinen eigenen Vater erpressen, so was macht man doch nicht!«

»Seine eigene Frau so schändlich zu hintergehen, ist aber auch nicht unbedingt die feine englische Art«, kann sich der

Friedrich einen zynischen Kommentar nicht verkneifen, dann meint er: »Aber eines verstehe ich nicht. Wieso denken Sie, dass Ihr Neffe unser geheimer Informant ist? Warum sollte er von der Sache wissen, und wieso ist er nicht direkt zu uns gekommen?«

Kilian Hintergruber räuspert sich. »Ich glaube, dass mein Neffe Christian unter Druck gesetzt hat. Er muss das Gespräch zwischen uns beiden, in dem Christian mich mit seinem Wissen konfrontiert hat, belauscht haben. Sich direkt mit mir anzulegen, das hat er sich sicher nicht getraut, aber von Christian Geld zu verlangen, das würde ihm ähnlich sehen. So nach dem Motto: Wenn ich deiner Mutter alles erzähle, dann ist der Deal mit deinem Vater hinfällig. Jetzt, nachdem der Christian tot ist, muss er also nur noch dafür sorgen, dass ich aus dem Weg geräumt werde – und sei es nur, weil mein Ruf beschädigt wird, indem man mich mit dem Tod meines Sohnes in Verbindung bringt. Glauben Sie mir, die Geschäftswelt ist eine beinharte, und wenn man einmal angepatzt ist, bleibt das ewig an einem haften. Alleine, dass ich heute hier bin, ist schon schlimm genug.«

Der Friedrich fährt sich über seinen Schnauzer und meint dann beinhart: »Und? Haben Sie Ihren Sohn getötet?«

Kilian Hintergruber reißt entsetzt die Augen auf. Entweder ist er ein besonders guter Schauspieler oder wirklich zutiefst geschockt.

»Haben Sie Kinder?«, fragt er schließlich leise.

»Das geht Sie zwar nichts an, aber nein«, erwidert der Herr Fesch ehrlich.

»Dachte ich mir, sonst würden Sie gar nicht auf die Idee kommen, mich so etwas zu fragen. Ich habe meinen Sohn geliebt, trotz dieser Sache. Was glauben Sie, wie schwer es für mich war, ihn so von der Familie fernzuhalten? Was glauben Sie, wie oft ich mit dem Gedanken gespielt habe, mich mit ihm auszusöhnen? Aber egal, wie ich das angegangen wäre, am Ende hätte ich alles verloren, alles. Ich musste die Distanz zwischen uns wahren, um nicht alles zu verlieren.« Tränen steigen dem Mann in die Augen.

»Also haben Sie lieber in Kauf genommen, Ihren Sohn zu verlieren«, bemerkt der Polizeibeamte ungerührt.

»Es wäre ja nicht für immer gewesen. Irgendwann, vielleicht dann, wenn er das erste Mal seine eigene Frau betrogen hätte, hätten wir wieder zueinandergefunden.«

Der Friedrich muss sich sehr zusammenreißen, um nicht ausfällig zu werden. Das Bild, das Kilian Hintergruber anscheinend von ehelichen Beziehungen hat, das widert ihn an. Wahrscheinlich, weil er diesbezüglich selbst ein gebranntes Kind ist.

Mittlerweile sind die Wangen des Verdächtigen klitschnass.

»Sie müssen mir glauben, Herr Fesch, nie im Leben hätte ich es zustande gebracht, meinem Kind etwas anzutun. Nie im Leben. Christian ist mein Fleisch und Blut gewesen, mein einziges Kind … Obwohl, eigentlich hab ich ihm doch was angetan. Nicht körperlich, aber seelisch. Ich hab ihn im Stich gelassen, weil ich die Halloweennacht mit Sabine verbracht habe, und ich hab mich nicht mit ihm versöhnt. Wir sind im Zorn auseinandergegangen. Für immer. Ich kann es nie wiedergutmachen. Nie wieder.«

Auch wenn der Friedrich mittlerweile einen zarten Hauch von Mitleid verspürt, fragt er scharf: »Und wo ist dann Ihr Taschenmesser?«

Kilian Hintergruber schluchzt. »Ich hab's damals Sabine mitgegeben. Weil sie es als Souvenir behalten wollte. Als einen Gegenstand, der sie immer an unser Herz in der Birke erinnern würde. Ich hab mir nie ein neues gekauft, weil ich nicht wollte, dass meine Frau von der Sache Wind bekommt. Das Messer, es war eines ihrer ersten Geschenke an mich. Sie hat sogar meinen Namen eingravieren lassen. Ich hab inständig gehofft, dass sie mich nie danach fragen wird. Wahrscheinlich hätt ich ihr erzählt, dass ich es verloren habe. Wenn ich mir ein neues gekauft hätte, dann wäre ihr das aber auf alle Fälle spanisch vorgekommen. Hätt ich mich nur damals nicht mit der Sabine auf der Promenade getroffen, dann wär das alles nicht passiert. Dann wär das alles nicht passiert.«

Kapitel 21

»Er war's nicht«, entfährt es sowohl der Mörderisch als auch dem Fesch zeitgleich, praktisch unisono, und der Friedrich denkt, dass sie beide ein schönes Duett abgeben würden, also nicht nur kriminalistisch, sondern auch musikalisch.

Sowohl Kilian Hintergruber als auch Peter Mitterbacher haben die Polizeidienststelle Sankt Lindenbaum mittlerweile wieder verlassen, und es ist nach all der Geschäftigkeit eine fast befremdliche Ruhe eingekehrt. Besonders, weil der Thomas unterwegs ist, anscheinend hat er einen heißen Tipp in der Auspuffblenden-Sache bekommen, dem er unbedingt und unverzüglich nachgehen muss. Dabei sind diese illegalen Autorennen das Letzte, was dem Herrn Fesch momentan wichtig ist. Von wegen Klarheit in ihrem Fall – der Nebel ist momentan dichter als je zuvor.

»Back to the start«, murmelt die Kriminalbeamtin entsprechend enttäuscht.

»Das hab ich schon früher beim *Mensch ärgere dich nicht!*-Spielen gehasst«, ist alles, was dem Friedrich dazu einfällt.

Die Mörderisch geht zur Kaffeemaschine, um sich einen doppelten Espresso zu machen, und obwohl der Herr Fesch den ja eigentlich gar nicht mag, überlegt er, ob so eine Koffeindröhnung momentan vielleicht genau das Richtige wäre. Legales Doping, wenn man so will. Oder wie kann er dieses Niedergeschlagenheits-Gefühl sonst möglich rasch loswerden? Dieses Nagen des Versagens, das ihm jegliches Selbstvertrauen nimmt. Was haben sie übersehen? Welches Puzzleteil fehlt ihnen? Warum kommen sie einfach nicht darauf, wer Christian Hintergruber den letzten Promenaden-Spaziergang aber so was von vermiest hat.

»Ich werf mal den Computer an«, meint die Mörderisch, nachdem sie ihren doppelten Espresso auf ex hinuntergekippt hat, »und schau, ob es irgendwelche Mails aufzuarbeiten gibt. Und Sie, Sie stellen sich jetzt bitte vor das Whiteboard, schauen sich mein wunderschönes Soziogramm an und warten auf eine Eingebung! Auf einen Aufschrei Ihres Bauchgefühls. Das hat Sie doch bisher nicht im Stich gelassen, also darf es das jetzt auch nicht tun. Wir sind knapp davor, diesen Fall zu lösen, da bin ich mir sicher. Uns fehlt nur ein kleines Detail. Irgendetwas haben wir übersehen – bei dem Nebel da draußen ja auch kein Wunder.«

Der Friedrich dreht seinen Kopf in Richtung Fenster. Tatsächlich, schon wieder ist Sankt Lindenbaum unter einer dichten Nebeldecke verborgen. Und auch, wenn der Polizeibeamte sonst den mystischen Aspekt des weißgrauen Schleiers durchaus zu schätzen weiß, wünscht er sich momentan sehnlichst einen heißen Sommertag herbei. Einen Tag, an dem er ein Bad im Sankt Lindenbaumer See nehmen kann. Ein Bad, das seine Lebensgeister weckt und sein Gehirn neu startet. Genau so etwas bräuchte er im Moment.

»Ich schau lieber an den See runter«, sagt er, ohne lange nachzudenken.

Nicht, dass er vorhätte, sich in die kalten Fluten zu stürzen und sich eine Lungenentzündung zu holen, aber ein Spaziergang um den See, der hilft vielleicht auch beim Gehirn-Neustart.

Interessanterweise findet die Mörderisch diese Ankündigung überhaupt nicht ungewöhnlich – anscheinend kennt sie den Herrn Fesch mittlerweile doch recht gut.

»In Ordnung. Passen Sie auf, dass Sie sich in der Nebelsuppe nicht verlaufen! Wenn ich mit den Mails fertig bin, hole ich Sie ab, und wir schauen noch einmal zum Tatort. Ich werde das Gefühl nicht los, dass wir dort irgendetwas übersehen haben.«

»Schau an, schau an. Wenn Sie noch ein paar Fälle mit mir lösen, dann haben Sie bald auch so etwas wie ein unerschütterliches Bauchgefühl«, erwidert der Friedrich schmunzelnd.

Der Kriminalbeamtin ist nicht zum Lachen. Nüchtern entgegnet sie: »Jetzt müssen wir erst mal diesen Fall lösen, Herr Fesch, jetzt müssen wir erst mal diesen lösen.«

*

Der Sankt Lindenbaumer See ist immer ein atemberaubender Anblick, auch heute, Nebel hin oder her. Während der Friedrich rund um ihn marschiert und die kühle frische Luft inhaliert, versucht er, nicht zu intensiv über den Fall nachzugrübeln, sondern zu entspannen. Im Leben ist es doch häufig so: Erst wenn man etwas nicht mehr verzweifelt sucht, findet man es. Also denkt er zurück an die Zeit, als er noch mit seiner Exfrau Spaziergänge um den See gemacht hat. Seiner Exfrau, der er immer hundertprozentig treu gewesen ist, die er um nichts in der Welt hintergangen hätte. Ein Punkt, in dem sie leider anderer Meinung gewesen ist als er selbst.

Und schon hat der Friedrich doch wieder den Fall vor Augen. Den Hintergruber Kilian, der so getan hat, als wäre es das Natürlichste der Welt, dass man eine Ehe als Zweckgemeinschaft hinnimmt und sich nebenbei anderweitig vergnügt. Der sogar davon auszugehen scheint, dass irgendwann sein eigener Sohn ins selbe Fahrwasser gelangt wäre wie er.

Wie vom Donner gerührt bleibt der Polizeibeamte plötzlich wie angewurzelt stehen. Da ist er, dieser eine flüchtige Gedanke, den man nicht loslassen sollte, weil man ihn sonst sofort wieder vergisst, obwohl man das auf keinen Fall darf!

Zwei Stimmen hallen durch den Feschen Kopf. Die erste ist die von Ludwig Donnersbach: *Der Christian hat eigentlich von unserer gemeinsamen Schulzeit an immer irgendeine Freundin gehabt. Eine Zeit lang hat er sie gewechselt wie andere Leute die Unterhosen. Aber die Letzte, mit der er fix zusammen war, die ist eine gewesen, mit der er es wirklich ernst gemeint hat. Die beiden haben sich sogar miteinander verlobt … Er hat sich dann nach der Hochzeit ihrer Kusine, auf der es ganz blöd für den Christian gelaufen ist – irgendein Eklat beim Brautverzahn, der das Fass zum Überlaufen gebracht hat –, von ihr getrennt.* Die zweite die von Christian Hintergrubers schlaksigem Mitbewohner, dessen Namen dem Friedrich schon wieder entfallen ist: *Die Kitty war die einzig wahre Flamme in Christians Leben. Die beiden waren sogar verlobt. Dass sie mit ihm Schluss gemacht hat, hat der Christian bis zu seinem viel zu frühen Ende nicht verkraftet.*

Unvermittelt beginnt der Friedrich, die Enden seines Schnauzers nach oben zu zwirbeln. Ganz intensiv, so intensiv, wie er es nur macht, wenn sein Gehirn auf absoluten Hochtouren läuft. Warum ist ihm das nicht gleich aufgefallen?! Diese Diskrepanz zwischen der Donnersbach-Aussage und der des WG-Mitbewohners ihres Toten, wieso hat er die nicht bemerkt? Warum hat Christian Hintergruber seinem besten Freund erzählt, dass er seine Ex-Verlobte verlassen hat, während seine Mitbewohner davon ausgehen, dass es umgekehrt gewesen ist? Welche Version stimmt, und was ist damals bei dieser Hochzeit vorgefallen, dass die Beziehung der beiden jungen Leute diese nicht überstanden hat?

»Herr Fesch! Sagen Sie, kann es sein, dass Sie ein Hörgerät brauchen?! Ich ruf Sie jetzt schon zum dritten Mal«, reißt die Mörderisch den Sankt Lindenbaumer Polizeibeamten aus seinen Gedanken. »Sie müssen sich das unbedingt anschauen! Wir haben ein Mail von Christian Hintergrubers Mitbewohnern bekommen. Sie haben anscheinend sein Zimmer ausgeräumt, weil sie es weitervermieten müssen, um finanziell über die

Runden zu kommen. Dabei haben sie das hier unter der Matratze gefunden.«

»Dort haben wir nicht nachgeschaut, als wir in Christian Hintergrubers Zimmer waren«, stellt der Herr Fesch nüchtern fest.

»Genau. Wer kommt aber auch auf die Idee, dass ein Mordopfer unter seiner Matratze so was hier versteckt.« Die Kriminalbeamtin hält ihrem Kollegen ein Schriftstück unter die Nase, dessen Bedeutung der Friedrich auf den ersten Blick erkennt.

Erstaunt rückt er seine Nickelbrille zurecht. »Ein Vaterschaftstest?«

Die Mörderisch nickt aufgeregt.

»Allerdings. Ein Vaterschaftstest. Christian Hintergruber ist der Vater eines kleinen Buben gewesen. Und raten Sie mal, wer dessen Mutter ist?«

Auf einmal passiert das, worauf der Herr Fesch so lange gewartet hat. Das eine Puzzlestück, das er verzweifelt gesucht hat, passt sich perfekt in das Bild ein, das vor ihm liegt. Und plötzlich ist es komplett, und alles ergibt Sinn.

»Die Kusine seiner Ex-Verlobten«, murmelt er.

»Ganz genau«, erwidert die Kriminalbeamtin zufrieden, »die Kusine seiner Ex-Verlobten.«

*

»Ich nehme an, die Dame ist mittlerweile wieder geschieden?« Die Mörderisch und der Fesch haben es sich auf einem Bankerl am Seeufer bequem gemacht – soweit man es sich im Nebel bei äußerst erfrischenden Temperaturen eben auf einer Bank bequem machen kann – und besprechen nun, wie sie weiter vorgehen werden.

»Nein, immer noch verheiratet«, lautet die knappe Antwort

der Kriminalbeamtin, bis sie nach einer Pause anfügt. »Hat mich auch verwundert. Man sollte doch denken, dass so ein Kuckuckskind ein Scheidungsgrund wäre.«

Der Friedrich fährt sich über seinen Schnauzer. »Das heißt, ihr Mann ahnt wahrscheinlich gar nichts von seinem Glück.«

Nun schüttelt die Mörderisch vehement den Kopf.

»Das denke ich nicht. Ich glaube eher, dass sie davon ausgeht, dass er nichts davon weiß, er aber durchaus im Bilde ist. Vielleicht ist er ja unfruchtbar, hat eine Vasektomie vornehmen lassen, irgendetwas in die Richtung.«

»Glauben Sie also, dass er unser Mörder ist? Der hintergangene Ehemann?«, fragt der Friedrich erstaunt nach.

»Ja, natürlich, woran haben denn Sie gedacht?«, lautet die nicht weniger erstaunte Antwort der Kriminalbeamtin.

»Na ja, ich kann mir gut vorstellen, dass das die späte Rache der betrogenen Ex-Verlobten gewesen ist«, meint der Friedrich beinahe lapidar.

Eine Pause entsteht, dann entfährt es der Mörderisch und dem Fesch zeitgleich: »Beide gemeinsam!«

In die Hände klatschend, nun wieder voller Elan, sagt der Friedrich: »Auf geht's! Lassen Sie uns Christian Hintergrubers Ex einen Besuch abstatten! Oder wollen Sie lieber zuerst den gehörnten Ehemann besuchen?«

»Ich glaube, was das angeht, verlasse ich mich auf Ihr Bauchgefühl«, erwidert die Kriminalbeamtin schmunzelnd.

*

Als die Mörderisch und der Fesch auf dem Weg raus aus Sankt Lindenbaum sind – wie immer mit der rasanten Kriminalbeamtin am Steuer –, ist die Spannung im Wagen förmlich zu greifen. Nicht wie sonst, weil der Friedrich ein bisserl um sein Leben fürchtet, sondern, weil beiden bewusst ist, dass es jetzt um alles oder nichts geht. Wenn sie in dieser Situation taktisch unklug handeln, dann setzen sie den erfolgreichen Abschluss des Falls aufs Spiel, das können und wollen sie sich beim besten Willen nicht leisten.

»Gut, wir fahren also zuer…«

»Stopp! Bremsen Sie!« Der Friedrich krallt sich am Griff über der Beifahrertür fest, schließt die Augen und schickt ein Stoßgebet gen Himmel.

Zum Glück reagiert die Mörderisch so schnell, wie sie ihren Kaffee zu trinken pflegt, also quasi in Lichtgeschwindigkeit.

»Sie können die Augen wieder aufmachen. Die Rehe leben noch und wir auch«, meint sie schmunzelnd, als sie den Wagen zum Stillstand gebracht hat.

»Zum Glück«, dem Friedrich entweicht ein Stoßseufzer. »Moment, fahren Sie bitte rechts ran! Aber schalten Sie die Scheinwerfer aus!«

»Und ich dachte, ich bin hier die unvernünftige Autofahrerin? Aber bitte, wie Sie meinen, ich fahr gern im dichten Nebel ohne Licht, man gönnt sich ja sonst nichts im Leben.« Kopfschüttelnd lenkt die Kriminalbeamtin ihren Wagen im Schritttempo an den rechten Straßenrand. Es dauert einen Moment, bis ihr bewusst wird, wo sie gerade sind.

»Da drüben ist die Sankt Lindenbaumer Promenade«, flüstert sie.

»Genau«, erwidert der Friedrich, »beim letzten Mal hab ich die Rehe ignoriert, als sie mich mit dem Kopf darauf stoßen wollten, dass es dort etwas zu finden gibt. Noch einmal mache ich diesen Fehler nicht.«

Der Mörderisch ist deutlich anzusehen, dass sie denkt, der Herr Fesch hätte nun endgültig den Verstand verloren, sie fügt sich dennoch in ihr Schicksal. Allerdings nicht, ohne zuvor einen süffisanten Kommentar abzugeben: »Okay, wenn Sie meinen, dass die Rehe zu Ihnen sprechen, bitte. Keine Sorge, ich kann ein Geheimnis wie dieses gut bewahren. Muss ja nicht jeder wissen, dass Sie imaginäre Stimmen hören, Herr Kollege.«

Die Kriminalbeamtin ignorierend, schlüpft der Friedrich, so leise er kann, aus dem Auto, wobei er sich mit einem Handgriff vergewissert, dass seine Dienstwaffe immer noch dort ist, wo sie sein sollte.

Schulterzuckend tut es ihm die Mörderisch gleich, nur dass ihr lautloses Ausstiegsverfahren um einiges eleganter aussieht als das des Herrn Fesch.

Der ist mittlerweile auf dem Weg zur Promenade, ein schwieriges Unterfangen im dichten Nebel, aber zum Glück kennt der Sankt Lindenbaumer Polizeibeamte die Örtlichkeiten wie seine Westentasche. Als er den Pfad erreicht hat, schießt ihm ein *Zum Glück bin ich auf dem Kies- nicht auf dem Holzweg!* durch den Kopf, was ihm wiederum ein winziges Lächeln ins Gesicht zaubert. Der Anblick, der sich ihm kurz darauf bietet, lässt dieses aber schnell wieder verschwinden.

*

»René, lass den Scheiß!«

Rasch duckt sich der Friedrich, damit er von den beiden jungen Männern, die da auf der Sankt Lindenbaumer Promenade stehen, nicht entdeckt wird. Dabei rasen die Gedanken nur so durch seinen Kopf. Einer der beiden, es handelt sich ohne Zweifel um Jessy Zenzingers On-off-Freund, hält den anderen nämlich gerade mit einer Waffe in Schach, die nicht nach einem in dieser Gegend üblichen Jagdgewehr aussieht.

Illegaler Waffenbesitz, ein weiteres Vergehen auf deiner langen Vorstrafenliste, denkt der Polizeibeamte, bevor er sich zur Mörderisch umdreht und ihr deutet, leise zu sein.

»Ich will, dass du zur Polizei gehst und alles gestehst! Sag ihnen, dass du den Christian auf dem Gewissen hast! Gemeinsam mit diesem Kerl, dem er die Frau ausgespannt hat. Sag ihnen das! Die verdächtigen nämlich mich, dabei hab ich mit der ganzen Sache nix zu tun!« Renés Hand zittert beunruhigend.

»Na ja, nix stimmt nicht so ganz. Du hättest einschreiten können, als du uns dabei erwischt hast, wie wir ihn von der Promenade gestoßen haben. Hast du aber nicht. Also finde ich schon, dass du dich ein bisserl mitschuldig gemacht hast.«

Nun fuchtelt der René wild mit der Waffe herum, so fahrig, dass der Friedrich automatisch noch ein wenig mehr in Deckung geht.

»Was hätt ich denn tun sollen?! Zu dem Zeitpunkt hat er doch längst geblutet wie ein Schwein. Außerdem hat er mit der Jessy rumgeknutscht. Keiner schmust ungestraft mit meiner Süßen!«

»Na also, sag ich doch, dass du irgendwie mit drinhängst, René. Zumindest unterlassene Hilfeleistung wirst du dir vorwerfen lassen müssen. Was glaubst du überhaupt, was du hier tust? Rufst mich an den Tatort, dümmer geht's ja nicht. Ich hab gedacht, du willst mich erpressen, aber nicht einmal dazu bist du imstande. Ein großer Verbrecher wird aus dir nie. Du bist und bleibst ein Kleinkrimineller.«

»Aber du, du weißt, wie man ein Verbrechen richtig angeht, hab ich recht? Bist du stolz darauf, dass du den Christian um die Ecke gebracht hast? Zwei gegen einen, feig ist das, nicht raffiniert!« Einen großen Schritt auf sein Gegenüber zu machend, hebt der René die Waffe ein Stück an.

»Allerdings, sehr stolz. War doch ein genialer Schachzug. Irgendwie hab ich den Christian ja loswerden müssen. Wer weiß, wie lange es noch gedauert hätte, bis er draufgekommen wäre, dass die Archäologie doch nicht sein Steckenpferd ist und er zurück in den Betrieb will. Wenn er das Weingut erst einmal gemeinsam mit seinem Vater geführt hätte, dann wär ich nie zum Zug gekommen! Nie! Weißt du, was das Traurigste ist? Der

Christian, der war so ein Naivling. Der Idiot hat mir vertraut, für ihn war ich der Bruder, den er nie hatte, und sich damit sein eigenes Grab geschaufelt. Alles hat er mir erzählt, alles! Jedes Detail von der Hochzeit, bei der er zuerst mit seiner Verlobten gestritten und dann spontan, weil er blunznfett gewesen ist, ganz alleine die Braut entführt hat. Auch, was dann passiert ist, hat er mir geschildert, obwohl er sich selbst nicht mehr an jedes Detail erinnern hat können. Von seiner Verlobten hat er sich nach der Hochzeit getrennt, weil ihn das schlechte Gewissen fertiggemacht hat. Er hat versucht, alles zu verdrängen, aber als er den Vaterschaftstest zugeschickt bekommen hat, da hat er die Augen nicht mehr vor seinem Fehltritt verschließen können. Was hätte ich denn tun sollen? Das war meine Chance. Meine Chance, es endlich durchzuziehen, nicht alleine, sondern mit einem zweiten, der den Christian auch gerne loswerden wollte. Obwohl der Ehemann dieser Schnalle, die der Christian während ihrer eigenen Hochzeit geschwängert hat, bis dahin ja noch gar nichts von seinem Glück gewusst hat. Der hat vielleicht große Augen gemacht, als ich ihm gesteckt habe, dass er nicht der Vater seines Sohnes ist. Dann hab ich ein bisschen böses Blut geschürt, und nach kurzer Zeit hab ich ihn so weit gehabt. Gemeinsam haben wir einen genialen Mordplan geschmiedet. Er hat die SMS an den Christian geschickt. Der hat uns tatsächlich abgenommen, dass es sich um eine Nachricht seiner Ex handelt – du weißt schon, neues Handy und so. Schön schwülstig haben wir den Text gehalten. Von wegen, sie möchte ihn unbedingt wiedersehen, kann seine Entscheidung, sich zu trennen, nicht akzeptieren, sie will ihn unbedingt treffen, genau dort, wo er ihr damals den Heiratsantrag gemacht hat, an der Sankt Lindenbaumer Promenade. Ich hab gewusst, dass der Christian drauf einsteigt, weil er krank vor Liebeskummer gewesen ist. Er hat seine Kitty wirklich geliebt, all die anderen Mädels, das war nur ein verzweifelter Versuch, sie zu vergessen. Ich hab dann kurz, bevor es so weit gewesen ist, beim Christian angerufen und ihm gesagt, dass ich in die Stadt fahre, um dort eine Party zu besuchen. So hab ich mir vorsichtshalber ein Alibi verschafft, falls etwas schiefgehen sollte. Ist es aber zum Glück nicht. Ich hab mich mit dem gehörnten Ehemann kurz vor Christians Eintreffen hier verabredet, wir haben beide Latexmasken getragen, was zu Halloween ja nichts Außergewöhnliches ist. Das Messer hab ich ihn besorgen lassen. Natürlich genau das gleiche Exemplar, das damals meine Tante meinem Onkel geschenkt hat, schließlich wollte ich, dass alles auf ihn als Täter deutet. Ich hab Christian das Messer in den Bauch gerammt, dann bist eh schon du aufgetaucht.«

»Ihr habt ihn einfach so über das Geländer gestoßen. Einfach so«, murmelt der René entsetzt, bevor er fragt: »Wieso hast du eigentlich keine Angst, dass dir der Fesch auf die Schliche kommen könnte?«

»Geh, der Fesch, hör mir mit dem auf! Der hat gerade meinen Onkel bei sich auf dem Revier. Mein Plan ist aufgegangen. Obwohl, eines muss man dem Fesch zugestehen, meine anonymen Tipps hat er richtig gedeutet. Ich hatte ja befürchtet, dass ich noch viel konkreter werden muss, damit er endlich meinen Onkel verdächtigt. Aber nein, er und diese Kriminalpolizistin aus der Stadt, die haben erstaunlich schnell eins und eins zusammengezählt. Komplett neben der Spur steht der Fesch also anscheinend nicht. Sobald sie das Taschenmesser meines Onkels finden, werden sie ihn festnehmen, da bin ich mir sicher. Und dann ist der Weg endlich frei für mich. Dann gibt es niemanden mehr, der mir im Weg steht. Dann bekomme ich doch noch, was mir zusteht!«

»Blöd nur, dass Ihr Onkel das Messer schon vor Ewigkeiten seiner Liebsten vererbt hat. Tut mir leid, aber Ihr Plan ist, auch wenn er sehr kreativ war, alles andere als aufgegangen. Aber keine Sorge, eines verspreche ich Ihnen: Sie werden bekommen, was Ihnen zusteht.« Seine Dienstwaffe auf den unscheinbaren jungen Mann richtend, den er von der Homepage der Hintergrubers kennt, tritt der Friedrich auf. Gefolgt von der Mörderisch, die nun ebenfalls den Cousin ihres Toten ins Visier nimmt.

»Ein toller Cousin sind Sie. Aber wie heißt's so schön, die Verwandtschaft kann man sich leider nicht aussuchen«, sagt sie dabei zynisch.

»Keine Sorge, René, wir halten ihn jetzt in Schach, du kannst die Waffe wegstecken. Wir haben alles gehört. Das gesamte Geständnis.« Beruhigend klopft der Friedrich Jessys Freund auf die Schulter.

»Danke, Herr Fesch. Es tut mir leid, ich versprech Ihnen, dass ich nie wieder ein illegales Rennen vor Ihrem Haus fahre … also, ich mein natürlich, dass ich überhaupt nie wieder illegale Rennen organisieren werde. Ehrenwort.«

»Ist schon gut, René, ist schon gut.«

*

»Chef, ich weiß jetzt mit hundertprozentiger Sicherheit, dass die Auspuffblende dem René gehört. Außerdem hab ich auch eine Vermutung, wo er sich gerade aufhält. Ich denke, er ist ganz in der Nähe.«

»Hallo, Thomas, danke, dass du meine Auspuffblende gefunden hast.«

Dem jungen Polizeibeamten fällt die Kinnlade runter, als der René ihn so begrüßt. Weil er dem Friedrich ein bisschen leidtut, geht er auf ihn zu und klopft ihm anerkennend mit der Hand auf die Schulter.

»Du hast ins Schwarze getroffen, Thomas, gute Arbeit, nur weiter so! Kümmerst du dich bitte um den Cousin unseres Toten! Er möchte gerne ein Geständnis ablegen.«

Epilog

Wenige Tage später hat sich der Nebel über Sankt Lindenbaum wie durch ein Wunder in Luft aufgelöst. Es ist also ein strahlend schöner Herbsttag, als der Friedrich sich auf den Weg zur Zenzinger Cecilia macht, um sich gebührend von der Michi Mörderisch zu verabschieden.

Auch im Inneren des Polizeibeamten sieht es wieder sonnig aus. Christian Hintergrubers Mörder ist in Untersuchungshaft, sein Mittäter ebenfalls, auch Ludwig Donnersbachs Angreifer und Angelika Mitterbachers Stalker haben sie dingfest gemacht und überdies noch die Serie an illegalen Autorennen aufgeklärt. Der René hat nämlich so ein schlechtes Gewissen gehabt, dass er gesungen hat wie ein Vögelchen. Außerdem weiß der Friedrich aus zuverlässiger, tupfiger Sankt Lindenbaumer Quelle, dass Kilian Hintergruber seiner Frau gebeichtet hat, dass er fremdgeht, was diese auf die einzig richtige Art und Weise, nämlich mit einem Rauswurf aus dem Familienunternehmen und dem Anruf bei einem renommierten Scheidungsanwalt, quittiert hat. Nun ist also sie die Chefin des Weinguts und eine äußerst patente noch dazu, wie der Herr Fesch findet. Alles in allem ist also wieder Ruhe eingekehrt in Sankt Lindenbaum, Unterlindenbaum und in der Feschen Seele, die das alles doch sehr beschäftigt hat.

Der Friedrich, der mittlerweile vor dem Haus der Cecilia angelangt ist, will gerade die Türklingel betätigen, als ein unbekanntes Auto vorfährt. Ein hübscher kleiner roter Flitzer, wie er ihn auch gerne hätte. Das Kennzeichen macht den Polizeibeamten allerdings stutzig. Was will jemand aus der Stadt bei der Cecilia?

Als die Fahrertür aufgeht, bleibt dem Friedrich das Herz stehen, bevor es ihm kurz darauf bis zum Hals schlägt.

Eine wahre Schönheit, die etwa in seinem Alter ist, entsteigt dem Wagen. Sie hat schulterlange kupferrote Haare, die von einzelnen weißen Strähnen durchwirkt sind, eine atemberaubende Sanduhrfigur, große grüne Augen und ein Lächeln, das den Herzschlag des Herrn Fesch noch ein bisschen beschleunigt, soweit das überhaupt möglich ist.

Einen Moment lang passiert gar nichts. Die schöne Unbekannte und der Friedrich stehen beide stumm da, schauen einander einen Wimpernschlag zu lange in die Augen, und die Zeit scheint stillzustehen. Bis die Mörderische Stimme die Stille lautstark durchbricht: »Ah, wie ich sehe, haben Sie meine Schwester bereits kennengelernt! Hallo, Sissi, schön, dass du da bist!«

Die Kriminalbeamtin eilt auf ihre um einiges ältere Halbschwester zu, umarmt sie stürmisch und drückt ihr links und rechts einen dicken Schmatzer auf die Wangen. Der Friedrich muss sich eingestehen, dass er ein bisserl neidisch ist.

»Wissen Sie, Herr Kollege, ich hab mir gedacht, wozu auf den Advent warten? Dinge, die man ewig hinausschiebt, die vergisst man irgendwann, und ich hab meiner Schwester doch versprochen, dass ich sie mit Ihnen bekannt mache. Und Sissi, was hältst du vom Herrn Fesch?«

Ein atemberaubendes Lächeln macht sich auf dem Gesicht der Mörderischen Schwester breit, bevor sie, im schönsten Mezzosopran, den der Polizeibeamte je gehört hat, antwortet: »Ich muss sagen, du hast nicht zu viel versprochen, Schwesterherz.«

In diesem Augenblick weiß der Friedrich, dass es die viel zitierte Liebe auf den ersten Blick tatsächlich gibt. Und mit einem Mal strahlt die Sonne im wunderschönen spätherbstlichen Sankt Lindenbaum noch heller als zuvor.

Verlag federfrei

Alter Tod

In Wiener Neustadt werden zwei Leichen und eine eingemauerte Mumie entdeckt. Bald steht fest, dass einer der Toten, der ehemalige Kriminalbeamte Siegfried Schneck, den anderen, Richter Stankovsky, erwürgt hat. Doch aus welchem Grund? Und wer ermordete anschließend Siegfried Schneck? Und was hat es mit der Mumie auf sich? Der erste Fall für Gruppeninspektorin Miriam Beck.

ISBN: 978-3-99074-047-7

Tatort Niederösterreich

Tod im Tröpferlbrunnen

Klein Schiessling steht Kopf: Im Garten des alten 10er Hauses sprudelt plötzlich eine Quelle! Sofort wird eine feierliche Einweihung samt örtlicher Blasmusikkapelle organisiert. Tags darauf wird der Reporter Ferdinand Schlaumeier tot im Quellwasser gefunden. Erschlagen mit dem Tambourstab des Kapellmeisters. Tratsch, Klatsch und wilde Gerüchte kursieren. Doch die ermittelnden Beamten stoßen auf eine Mauer des Schweigens.

ISBN 978-3-99074-049-1

Tatort Niederösterreich

Krimis aus Österreich

Waldviertler Todesrausch

In einer Privatbrauerei im Waldviertel wird die Leiche eines Mannes gefunden, der am Vorabend beim Wettbiertrinken zum »Bierkaiser« gekürt wurde. Unfall oder Mord? Der Verdacht fällt auf die Turnlehrerin Heidi, der Verliererin des Finales. Einer Frau, der man nachsagt, keiner Schlägerei aus dem Weg zu gehen. Doch ist der Fall am Ende nicht so einfach, wie er am Anfang schien?

ISBN: 978-3-902784-64-3

Tatort Niederösterreich

Bachchoral

Frieda Bach stößt auf einen bestialischen Mord, der vor knapp 50 Jahren in Linz verübt worden ist. Und Friedas Mann wurde in dieser Mordsache als Hauptverdächtiger geführt! War ihr Mann wirklich der, für den sie ihn immer gehalten hat? Mitten in den Recherchen, wird eine junge Frau auf das Schlimmste massakriert. Das Unglaubliche ist jedoch, dass diese Tat aufs Haar jener vor 50 Jahren gleicht.

ISBN: 978-3-99074-044-6

Tatort Oberösterreich